JN104163

ばいばい、バッグレディ

Marnie Jorenby
Bye-bye,
Bag Lady

マーニー・ジョレンビー

早川書房

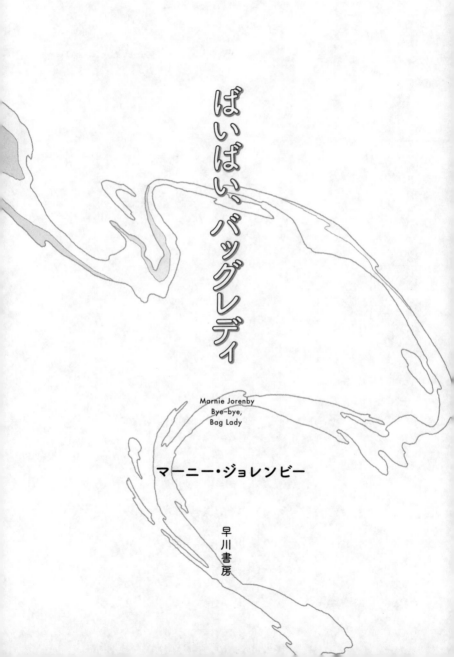

ばいばい、バッグレディ

Bye-bye, Bag Lady
by
Marnie Jorenby
Copyright © 2021 by
Marnie Jorenby
First published 2021 in Japan by
Hayakawa Publishing Inc.
This book is published in Japan by
direct arrangement with
Boiled Eggs Ltd.

装画／北村英理
装幀／早川書房デザイン室

日本の友人に捧ぐ

目次

1　天井裏の女

私の名前は相川《あいかわ》あけび。薄紫色のフルーツのあけび。中身が種ばかりで、おいしくもないフルーツのあけび。

お父さんはよく言う。

「道子とか、節子みたいな古臭い名前は付けたくなかった」

それはそれで結構なんだけど、古くなくて、かっこいい名前がいっぱいあるのに、何であけびなのよ。

「でも、僕は子どもの名前をフルーツの名前にしたかった。ちょうどあけびが生まれる頃、フルーティ出版から僕の最初のエッセイ集が出たからなあ。もっと子どもが生まれれば、次の子は『ざくろ』と名付けて、その次の子は『いちじく』、その次の子は……」

「もういい。それに、フルーティ出版って名前も変だよ」

「いいや。フルーティという名前には深い意味がこもっているんだよ。『実り豊かな』とか、『創造力に富んだ』とか」

「ネットで調べたけど、フルーティって『おかしい』とか、『変わり者』とか、そういう意味だったよ」

私は今高校二年生で、中一の時から、お父さんと一緒に六甲山の麓《ふもと》にある高級住宅街の豪華な4LDKマンションに住んでいる。神戸港が展望できる高層マンションで、専有面積一八五・五平米。ウォークインクローゼット二つとシューズクローゼットがある。オーダーメイドなのに、「どうでもいいよ」がお父さんの態度だった。そのおかげで、私のイメージに基づいて作られたマンションになった。キッチンは広くてアイランドがある。リビングの窓は床から天井までのガラス張りだ。一番こだわったのは、和室。私は小一の時から書道教室に通っていて、いろいろな展覧会で賞を取っているから、畳の上で書が書ける和室が夢だった。

もちろん、フルーティ出版からエッセイ集を出すお父さんの収入では、そんな豪華なマンションで暮らすことはできない。『ラクダ・レスリングの悲劇』とか、『愛犬をまずいペットフードから守ろう』とかいうエッセイなんかで儲かるものか。

私たちが裕福に暮らせるのは、私を産んですぐに台北へ行ってしまったカザミが、私とお父さんに仕送りをしているからなのだ。

カザミは日本人と台湾人とのハーフで、祖父が貿易会社の社長のために半分日本で、半分台湾で育った完璧バイリンガル。台湾では人気女優になっているようで、今もお父さんと仲がいいらしい。お父さんは台湾へ消えたカザミを恨んではいないようだ。

でも、大丈夫。私がお父さんの分までカザミを恨んでいるから。

カザミが女優だから私も美人でも不思議じゃないけれど、お父さんの方に似ている。中肉中背で、顔は、頬がリス型で太っている以外に特徴がない。美人かどうかなんてどうでもいいことだ。体で自慢なのは、しっかりした字が書けるまっすぐな背と、迷いなく筆先を和紙に当てることができる力強い腕と、器用で形のいい手があることだった。

一方、お父さんには——優しくて間抜けなところはまあチャーミングなんだけど——致命的な欠点がある。

カモなのだ。詐欺師の話に魅了され、怪しげなプロジェクトに投資してしまう。詐欺師の狙いがカザミの台湾の口座だと何回も教えているのに、騙され続けるのは、ある種の超能力に思える時もある。

最近でも、モンゴルで「ユルト・グローバル・サークル」というわけのわからない学校を設立しようとした男とネットで出会い、教育者の資格もないその男の「偉業」を『高尚なユルト』というエッセイに取り上げて、結局騙されたとわかり、エッセイ集が頓挫《とんざ》したという出来事があった。私は、その詐欺っぽい学校をお父さんに紹介した男を最初から信じなかった。学校のウェブサイトを検索して、そいつがサイトにアップロードした写真の映像を見てうんざりした。いろいろな国の洋服を着て面白そうに「授業」を受けている子どもたちの映像は、フォトショップででっちあげたものだと、少しでも目を凝らしてみればわかるはずだ。

私はいつものようにお父さんを諭そうとした。「ユルト・グローバル・サークル」についてレポートを準備し、詐欺の仕組みまでお父さんに教えた。それでもお父さんは男が純粋なんだと言い張って聞かなかった。結局学校の取材にモンゴルまで行ってしまったんだけど、一週間後恥ずかしそうな顔で帰ってきて、挨拶もせずに黙りこくったまま書斎に閉じこもった。そういう時は、お父さんの好きなハムとスクランブルエッグとトーストと濃いコーヒーを作ってやり、回復を待つしかなかった。

お父さんがこんなことをしていられるのは、台湾で大成功しているカザミから大波のようにお金が流れこんでくるからだ。

カザミの映画は一度も見たことがないけど、『狂愛之姻縁《クァンアイジェイインユェン》』とか『紅顔薄命《ホンイェンボミン》』とかいう台湾の恋愛ドラマに主役で出ているとお父さんが言っていた。熱烈なファンがうじゃうじゃいて、私たちのところにまで大金を送れるほど余裕のある暮らしをしているらしい。

九月中旬の土曜日の朝のことだった。私はベッドから起き上がって、伸びをしながらリビングルームへ行った。広いL字型のソファに身を投げ、床から天井まで広がる窓ガラス越しに明るくなっていく神戸港を眺めながら考えた。

「ユルト・グローバル・サークル」事件は悔しかった。もう高二だし、私が高校を卒業してこの家を出ていったら、お父さんがどうなってしまうかと心配した。どうすればお父さんのカモ癖を変えられるのだろう。どうすれば、お父さんに持ち前の才能を発揮させ、私が抱く素敵なお父さん像に近づかせることができるだろう。

その時、朝早く起きたらしいお父さんが「あっ！」とリビングまで届く声を上げて見つけたのは、これから私たちの生活に最悪の変化をもたらすことになるバッグレディについての記事だった。

お父さんはノートパソコンを抱えて朝食のテーブルについた。私たちは二人でテーブルに座り、形のきれいな目玉焼きとハムとサラダ、ワカメ入りの味噌汁と四つ切のリンゴを食べながら、リビングの窓越しに神戸港の景色を眺めていた。お父さんは食べ終わるとすぐ皿を脇に押しのけ、目を光らせながらノートパソコンを開き、その画面を私に示した。

「これ、読んで」

私はお父さんからノートパソコンを受け取り、次の記事を読んだ。

トイレの天井裏から女が落下
神戸市三宮2丁目で、スナックの女性トイレの天井裏から、そこに住み着いていたらしい女が突然落下。「トイレの天井裏に人が住んでいるなんて夢にも思わなかった」とスナックのオーナー（沢辺洋子さん54歳）。転落した女は自称中国人で名前は「チェン・フ」（77歳）。「昔は武庫川《むこがわ》のほとりで青いビニールのマイホームに住んでおりましたが、たびたび家を撤去されるので、仕方なくスナックのトイレの天井裏に越して参りました」と説明した。沢辺さんによると、天井裏には食器などの他に、なぜか袋が20個も詰めこまれていた。現在、三宮警察署が女から事情を聞いている。


記事を読み終わらないうちに、悪寒が背中を走った。

お父さんが次の詐欺師に巡り合ったのだ。

「まさか、この女の人をマンションに住まわせるつもりじゃないでしょ？」

お父さんの唇が頑固そうに固まった。

「あけび、コーヒーを飲みながらゆっくり話そうじゃないか」

お父さんはキッチンに行ってコーヒーを淹《い》れた。特別に時間をかけて、カップを並べ、コーヒーを注ぎ込んだ。お盆にお砂糖とミルクもきれいに添えて、テーブルに持ってきた。ソーサーには折り紙のバラが乗っていた。（お父さんは、折り紙みたいに何の役にも立たないことは上手で、よく机に向かって勉強している私の頭にキスして机に折り紙を置く。もう高校生なのに、いつまでも子ども時代と同じことで喜ぶと思っているらしい）

私はコーヒーとバラをじっと見守った。

お父さんはカップを私に渡し、自分のカップにクリームと砂糖をたっぷり入れて、わざとらしい陽気な声で聞いた。

「あけびはお父さんのこと、信じているよね。お父さんは嘘をついたこと、一度もない」

私は慎重に答えた。

「お父さんが嘘をつくかどうかが問題じゃないでしょ。お父さんが人に嘘をつかれたことがあるかどうかが問題なの」

「そうだね、君の言うとおりだ。でも、今だけは違う。これから僕の言うことを信じて欲しいんだ」

お父さんはコーヒーカップを上げて、ほんの少しコーヒーを飲んでから丁寧にソーサーに戻した。明らかにコーヒーを飲むパフォーマンスだった。

「僕は天井から落ちた女性を知っているんだよ」

「え？　知っているの？」

私は記事に書かれた武庫川のほとりのビニールシートの「マイホーム」を思い浮かべた。

「川でジョギングしていた時に話しかけられたの？」

「そういうんじゃないんだよ、あけび。僕は若い時にそのおばあさんにお世話になったんだ」

お父さんは難しい顔をして、カップの中を神秘的な映像でも見ているように眺めた。私も自分のカップの中身を眺めたが、黒いコーヒーしか見えなかった。

「どういうこと?」

貧乏な老婆にいったいどういう世話ができるというのだ。

でも、待って。お父さんが若い頃の話なら、少なくとも十七年以上前のことだ。ひょっとしたら、天井裏のおばあさんは昔は芸能界に君臨した往年の女優だったのかもしれない。頭の切れる科学者か有名な外科医だった可能性もある。それからアルコール中毒になって人生のどん底に落ち、スナックのトイレの天井裏で残った日々を過ごすことになったのかもしれない。そして、ふとしたことで知り合ったお父さんを騙してカザミの大金を手に入れ、昔みたいに贅沢《ぜいたく》な暮らしができると思いついたのかもしれない。中国人だと書いてあるから、台湾の映画にも詳しい可能性もある。

お父さんは大きくため息をついてから言った。

「その頃のことは、残念ながら説明できないんだ」

そうだろう、詐欺に遭ったんだからね。

しかし、お父さんは手を上げて、私が抗議するのを制した。

「あけびが思っていることはわかるけど、決して詐欺に遭ったわけじゃない。複雑な事情があって……助けてくれて……ああ、僕は……」

お父さんは、励ましの言葉でも期待するように私を上目遣いで見て待っていたが、私は無表情で眺め返した。

　お父さんは仕方なく続けた。

「あけび、僕はフさんをここに引き取るつもりだ。つべこべ言わないで欲しい。一週間でも一緒に暮らしてみれば、あけびもわかるようになると思う。フさんの素晴らしさをね」

　私は左目を細め、唇の左端を曲げて、お父さんをじっと見つめた。

「お父さんはいつになったら詐欺師と付き合うのをやめるの？　会わなくてもわかるよ。お父さんは詐欺師に会うと必ず詐欺じゃないと言うの、気づいてないの？　でも、結果はいっつも同じ！　でたらめを吹き込まれて、お金をたくさん巻き上げられる。お父さんには前科があるからね。今度はマンションだって乗っ取られかねないよ！」

　でも、お父さんはめげなかった。

「だから今度こそ違うと言っているんだ。全然違う。フさんに対する恩をどうしても返さなければならないんだ。今から警察署に迎えに行くからね、よろしく頼む」

　私は何も言わなかった。

　スマホの画面を見た。もう、部活に行く時間だ。

　お父さんはバッグレディを迎えに行って、マンションに連れてくるだろう。

　いいよ、かまわない。私が追い払えばいい。

　いつものようにね。

心の中で新しい詐欺師に宣戦布告をした。

2　バッグレディの到来

九月は書道部にとって大事な時期だ。書道の甲子園ともいわれる国際高校生選抜書展に向かって、書の書き込みに必死。私は臨書の部門で、古代中国の食客であった李斯《りし》が書いた「諫逐《かんちく》客書《きゃくしょ》」の文を書いていた。

「是以太山不讓土壤　故能成其大　河海不擇細流　故能就其深」

李斯が、外国人を追放しようと思った秦王に書いた手紙から取った文で、「泰山は一塊の土でも大切にするからこそ、大きくて立派な山になれた。黄河は、どの小川も受け入れるからこそ、あれだけ深く、立派な流れになれた」という意味だ。人種差別という社会問題を考えさせる文だし、何よりも「大」と「深」を書く時、今の自分がより大きく、深い人間になるような、パワフルな気分になれたから選んだ。

ところが、その日はどうもうまくいかなかった。バッグレディという不吉な雲が泰山と黄河をすっぽり覆ってしまったのだ。あれほどはっきりと受け止めたはずの李斯の文章の意味さえ、ぼやけた。どんなつまらない土塊《つちくれ》も受け入れてしまう泰山《たいざん》とどんな小川の汚い水も吸い込んでしまう黄河は、どんなくだらない詐欺師でも歓迎するお父さんに思えてきて、何回書こうとしても書は竜頭蛇尾に終わった。

昼下がりに部活から帰ってきてキッチンにいると、玄関のドアがいきなり開き、たくさんの袋が雪崩《なだ》れ込んできた。玄関を覗いた私は思わず悲鳴を上げた。

バッグレディの到来だ。

床に転がる紙袋やトートバッグの間から、年寄りの女の顔がぬっと現れた。ぼろぼろのジーンズと毛糸がほつれかけた薄紫色のセーターに、夏はまだ終わっていないのにごちゃごちゃと刺繍《ししゅう》がついた長いストールを首に巻いていて、袋をいっぱい抱えていた。

ストールの上には、薄紫色に染められたぼさぼさの髪の毛で縁取られたしわくちゃの顔がどかっと乗っかっていた。髪の毛は、触らなくてもベトベトな感触が伝わってくるほどのひどい状態だ。気持ち悪さはかえって目を引きつける効果があり、首のあたりを見ると、ストールのあっちこっちから太い髪の端が突き出ていた。そろそろ吐き気がしてきた。きっとお風呂にも入ってないんだろう。だから針金のような汚い髪の毛が、筍《たけのこ》がニョキニョキ伸びるのと同じように、ストールの布地を貫いて生え出てきているんだ。

恐る恐る、バッグレディの顔に目を移した。

目と鼻と口は、泥や埃で汚れてたるんでいる肌に適当にくっつけられた感じだった。まるで福笑いみたいに、変な位置に付いている。唇の左端に大きなホクロがあって、ホクロからまるで生け花みたいに長くて硬い毛が三本生えていた。一番長い毛は三センチもありそうで、悲鳴を上げそうになった。

目の前に現れると、思ったよりもずっといやな老婆だった。薄紫色のセーターと髪の毛が特に気に入らなかった。薄紫はあけびの色で、苦手だ。

お父さんが私を紹介した。

「娘のあけびです」

「私の名前はあけびじゃないです。あけみです」

いつもと同じように、あけびではなくてあけみと名乗った。お父さんにはあけびと名付ける権利があるかもしれないが、本人にはそんな名前で名乗る義務はない。学校の友達にも、あけみと呼んでもらっていた。

お父さんに睨まれたので、一瞬だけ頭を下げてやった。

老女は深々とお辞儀をし、

「あけみ様でいらっしゃいますね。よろしくお願いいたします」

と言った。

そして、私を見て、まるで私とグルにでもなっているような図々しい目つきでウインクしてきた。私は眉に力を込めて、潜伏中の野獣みたいに爛々《らんらん》と光る目で彼女を睨んだ。昔どうやってお父さんを騙したのかわからないが、二度とその詐欺はさせないつもりだ。

お父さんは玄関ドアを閉めて、照れ隠しに言った。

「フさん、ようこそいらっしゃいました。狭いですが、どうぞごゆっくり、家族の一員になったつもりでお寛《くつろ》ぎください」

フと呼ばれた老女はニヤリと笑い返した。

「お邪魔いたします」

怪物がマンションに侵入してくる。

「さあ、バッグをお持ちいたしますので、部屋へどうぞ」

私はお父さんの言葉遣いが気に入らなかった。天井裏から落下してきたこの詐欺師に、まるで貴族に向かって言うような敬語を使っているではないか。

「敬語なんて使う必要ないでしょ」

遠慮なく注意した。

お父さんは私を睨んで、口を「シーッ」の形にすぼめてみせた。

フはニヤニヤ笑ってガタガタの歯を見せびらかしてから、長い時間をかけて袋を拾っていた。数えてみれば、ネットで報道されたとおり、二十個もあったが、よく見ると全部が袋というわけではなかった。

薄茶色い麻のトートバッグもあれば、高島屋とか阪急デパートの紙袋もあって、脂っこい匂いを発するマクドナルドの紙袋もあれば、外国製のブランド品の革のバッグも二個あった。薄汚いが、新品の時は相当な値段だっただろう。盗品に違いない。「紫禁城販売店」とか「La Casa del Sol」とかの文字が書かれているバッグもあった。

私は皮肉な敬語を込めて言った。

「私もその豪華絢爛なバッグをお持ちしましょう」

屈み込んでルイヴィトンのを取ろうとすると、女の汚い手がすばやく伸びてきた。

「バッグは、自分で運びます。大事なモノが入っておりますので」

私は唖然《あぜん》として老女を見た。まるで袋の中身が盗まれるのを警戒しているかのような態度ではないか。

バッグレディはバッグや袋を背負ったり、肘や手首からぶら下げたり、脇に挟んだりして、堂々とホールを進んで私たちの領域に侵入してきた。

私は唇を真一文字に結びながらあとについていったが、お父さんはすぐ止まった。

「こちらへどうぞ！」

と言いながら、なんと主寝室のドアを開けた。「必要な家具はだいたい揃っています」

私はあいた口が塞がらなかった。

お父さんが寝る主寝室は完全な客間になっていて、お父さんの持ち物はどこかへ片づけられてしまっていた。

真新しい豪華な家具の中心にクイーンサイズのベッドが君臨していた。テレビやＤＶＤプレーヤーまで揃っている。隅っこにはお父さんより高い段ボール箱や発泡スチロールの山がうずたかく積み上げられていた。

ベッドカバーはバラ模様で、ピカピカの白いシーツと枕が眩《まぶ》しかった。そのシミ一つない枕にフの汚い紫色の髪の頭が気持ち良さそうに乗せられるのを想像すると、怒りが込み上げたが、バッグレディはごく当たり前のように、袋やバッグを持ったまま無造作にベッドの上に座り込んで、愉快そうにため息をもらした。船底にくっついたエボシガイのように、長居するつもりのようだ。

お父さんはニコニコしながら、天使でも眺めているかのようにフを見守っていた。フの方は、何かの言葉を期待するようにお父さんを見上げていたが、お父さんはバカみたいに笑い続けるだけだった。

「ちょっと待って！」

怒りで震える唇から、つばを飛ばす勢いで言葉がついて出た。「ここはお父さんの部屋でしょ！　私は他人を住まわせることに絶対反対！　どうしてもというなら、廊下に布団敷いて寝てもらえばいいじゃない！」

「あけび！」

「……」

目じりに悔し涙が溜まっているけど、顔を強張らせてこぼれないように我慢した。

「あけみ様のおっしゃるとおりでございます。お布団も贅沢すぎますので、直に廊下の床にでも……」

フはすぐ立ち上がり、ベッドに置いたばかりのバッグや袋をゆっくりと肩に掛けたり、背負ったり、手に持ったりしはじめた。

「いや、待ってください、フさん。このマンションは僕のためだけに書斎も寝室もあるなんて贅沢すぎるって前から思っていたんですよ。書斎にはソファがあるし、『ベッド・アンド・ブックルーム』にすればいいんだ。B&Bですね、ははは！」

自分のつまらない洒落《しゃれ》に笑いながら、お父さんは手のひらを立ててフが出ていくのを防いだ。

「まったく構いませんから、どうぞこちらにいらしてください」

お父さんの目には、詐欺者に惚れ込む時の、熱っぽくてどんよりした光があった。自分をカモ肉サンドにして立派なお皿に置いて悪人にご馳走しようとする、カモ特有の顔だ。

バッグレディは当たり前のように頷いて、バッグを置いた。

私はへなへなと床に座り込んだ。

こうなった以上、バッグレディをマンションから追い出すのは当分無理だろう。追い出したとしても、お父さんはすぐ探し出して連れ戻すに決まっているから。

ふんと鼻を鳴らして、「こんなのは城孤社鼠《じょうこしゃそ》っていうんだよ。このキツネ女を家に入れて悪さをされても、私は知らないよ」と得意な四字熟語を活かして言ってやってから、部屋を出てキッチンに向かった。気分転換に冷たいお茶でも飲もうと思ったが、お父さんがキッチンテーブルの上に置きっぱなしにした郵便物を見てまた顔が強張った。

台湾のカザミからピンクの封筒と小包が届いていたのだ。

私は「ふっ」と鼻をふくらませて手紙を睨んだ。台湾で大人しく自分の選んだ生活を楽しんでいればいいのに、カザミは私宛てに手紙や他の要らないものをどんどん送りつけてくる。

手紙はほとんど開封せずに処分していたが、たまに目を通すとひどい内容だった。自分のことや最近出ている映画のことをだらだらと書いて、「あけびも元気ですか。近況、聞かせてね！♡♡」と、申し訳程度の挨拶が付け加えられているだけ。一番最後には必ずこう書く。「お母さん、機会があればすぐにでも日本へ遊びに行きたい！　毎日あけびのことばかり考えていますからね(^^♪」

手紙をどかして小包を眺めた。台湾では中秋節なのだ。カザミは日本の祭日には何も送ってこないくせに、台湾でお祭りがあるたびに何かをよこすのだ。

どうせ月餅《げっぺい》だろう。

包装紙を解いて、やっぱりだと確認するとすぐさまゴミ箱に捨て、同封の手紙は自分の押し入れの奥にある、カザミが昔送ってきたミッキーマウスのスーツケースに投げ入れた。四月四日まで放っておく。四月四日は台湾では「墓掃除日」である。亡霊のように私につきまとうカザミの手紙のお祓《はら》いにちょうどいい日だと小学四年生の時に決めた。それから毎年四月に、父には内緒で、スーツケースを転がして、門戸《もんど》厄神《やくじん》という神社に預けに行く。

部屋で机に向かっているとお父さんがノックした。

「あけび、フさんのこと、ごめんね」

と言って、気まずそうに折り鶴を差し出した。

受け取らずに聞いた。

「じゃあ、すぐに出ていってもらうんだね？」

「違う」

お父さんは無様に笑って、訴えかけるように折り鶴をパタパタさせてから机に置いた。「あけびもすぐにフさんの素晴らしさを……」

お父さんは私の形相を見て、そろりそろりと部屋を出ていった。

私は折り鶴を積み重ねた教科書の後ろに隠した。そして、ベッドに上向きに倒れて天井を眺めた。

これから嫌なことだらけの毎日が待っている。ご飯も一人分増やして、毎回三人分の食事を用意しなくてはならない。洗面所のシンクには、毎朝フの太くてきたない髪の毛が何本も落ちていることだろう。おやつを探しにキッチンに行けば、冷蔵庫を荒らしているフに出会うに違いない。リビングに行けば、フが汚いバッグを並べてL字型のソファを独り占めにしていることだろう。学校から帰った私を迎えるのは、「お帰りなさいませ」なんていう慇懃《いんぎん》無礼《ぶれい》なセリフなのだ……。

「うっとうしい！」

天井を睨みながら、思った。バッグレディのような土塊が飛んでこないうちに泰山なんか閉山にし、黄河はダムで堰《せ》き止めるべきだったと。

寝返りを打って、カバンの中からスマホを取り出した。とにかく、外の世界に繋がりたかった。

アムールからLINEが入っていた。

〈デパートで買い物中。新しい鉛筆ケースを買おうと思っているけど、熊と猫とどっちがいいと思う？〉

私は苦笑しながら〈猫にすれば〉と返信した。

私と会田《あいだ》愛由《らぶゆ》（愛称アムール）は、お互いにひどい名前を持っていることで友達になった。子どもに「らぶゆ」という下手な英語の名前を付ける親は、フルーツづくしの名付け方のお父さんよりもアホらしい。

おまけにそれが「会田《あいだ》」という苗字とくっついているから、「I'd a love you」という正しくもない英語になるから余計にひどい。

そのコンビの滑稽さにいち早く気づいたのは同じ組の帰国子女の芦田歩《あしだあゆみ》だった。彼女は中学時代には「アイダ ラブユ バット ユール ルック ライク アン アケビ」と、アムールと私にしか聞こえないほど小さな声で唱えるのが毎日の喜びだった。

繊細なアムールは聞くたびに傷ついているが、私は平気だった。

孫子曰《いわ》く「主は怒りを以て師を興すべからず。将は慍《いきどお》りを以て戦いを致すべからず」君主は一時の怒りの感情から軍を動かしてはならない。将軍は一時の憤りに駆られて戦いをしてはならない。中学のころマントラのように唱えた一句だ。

アムールはすらっとした可愛い子で、豊かで長い髪の毛には必ずリボンかピカピカの髪飾りをつけていた。最新ファッションにも敏感で、うちの高校は制服がないから毎日ファッション雑誌で見るような服を着てくる。学外イベントに参加してなんちゃって制服を着る時も、スカートをたくし上げ、可愛く着こなす。ファッションデザイナーになるのがアムールの夢だった。絵を描く才能は抜群で、編み物や刺繍など手芸も上手だ。本当は芸術部に入ればいいのだけれど、一人で入部するのが心細いと言って、私と一緒に書道部に入った。

アムールの短所は、想像力があれほど豊かなのに、判断力がまったくないことだ。中一の時出会ってから何でも私に頼るようになり、私は風船のようにふんわりと浮いている彼女を繋ぎとめる紐みたいな存在になってしまっていた。よく学校の屋上で悩みを打ち明けられた。たとえば教科書を家に置いてきたけどどうすればいいとか、級友の熊谷彩紗《くまがいあやさ》が鉛筆削りを返してくれないんだけどどうすればいいとか、一生の一大事みたいに相談してくる。だいたいは五つぐらいの文字を並べれば解決できる悩みだ。

　アムールはかわいくて才能もあり、人を惹きつける魅力もあるけれど、高校に上がっても中学生の皮を脱皮できない不思議な子だった。

3　あの時の忘れ物

　私は聞き耳を立てた。ゲストルームになった主寝室は静まり返っていた。バッグレディは高級ベッドの上で昼寝でもしているのだろうか。

　着信音がした。スマホを拾って、アムールのＬＩＮＥの続きを読んだ。

〈あけみ、どうしよ！　くまんぽぽの鉛筆ケースも見つけたの。ねこちゃんのよりずっとかわいい！　でも、ねこちゃん買っちゃったし……〉

　私は天井を仰いだ。アムールはくまんぽぽという、熊で、体や足にミツバチみたいに縞模様が付いていて、タンポポの綿毛みたいにまん丸くてフワフワのキャラが大好きなのだ。

　ため息をついて、返信した。

〈両方買ってもしょうがない。面倒でも、猫は返品してくまんぽぽを買ったら？〉

　送信ボタンを押してから、書を書くことで心を落ち着かせようと思って、音を立てないようにして和室に入った。

　道具を一つ一つ取り出して並べ、硯《すずり》で墨を磨《す》った。書道部では墨汁を使うのだが、マンションの和室では必ず自分で磨ることにしている。時間はかかるが、ゆっくり磨ると墨の濃淡を好きに調節できるし、そのうちに心も静まり、手の動きも整ってくる。

和紙を敷いて文鎮で固定した。

しかし、せっかく書展のために練習している李斯の書はどうしても書く気になれなかった。それなのに、今の心境に相応《ふさわ》しい言葉は何も思い浮かばない。

李斯の書は夏合宿から頑張っている。書展の締め切りまであとわずかしかない。今から新しい書に変えても、いいものができあがるとは思えなかった。

墨はちょうどいい具合に濃くなった。筆先を浸して、床と垂直に構えた。そして、ウォーミングアップとして「不断の努力」という短い書を書いた。バッグレディの詐欺を暴いてお父さんを救うために必要なのは、まさに不断の努力だ。

落ち着いて書に集中し、ようやく調子が出てきた時に、主寝室の方から、バッグレディが起き出してバッグをいじっているらしい音が聞こえてきた。

カサカサ。コソコソ。

バッグレディが重宝がる汚いバッグにはいったい何が入っているのだろう。詐欺に必要な品物の可能性もあるから、できるだけ早く中身を検分しよう。

それにしても、バッグレディの「フ」とはどんな漢字なのだろう。私は書道の他に漢字検定も毎年受けていて、準一級に合格したばかりだった。「フ」という字は漢字にすると必ず悪い意味になる。たとえば、腐乱。腐敗。負担。負の連鎖。

「そう。負の連鎖」その字を見下ろして、強く頷いた。「私とお父さんの生活そのものだ」と呟いてから、さらにいくつかフが付く不吉な漢字を書き続けた。

「不修多羅《ふしだら》」と書いた。最近知った当て字だ。

「不」＋αを使うと否定的なフを思いつくのが簡単すぎて張り合いがないから、スマホで漢検一級の漢字表を出してみた。

おすましに浮いているあのふわふわのモノも「麩」だったんだなあ。グニャグニャで粘っこくてぴったりではないか。

それに、一級レベルでは、虫の名前にもフが付くものが多いと気づいた。難しい字ばかりで「バッタ」や「イナゴ」の意味だったりした。なるほど。

虫が部首のフにクリックしているうちに、「蜉蝣《ふはん》」という漢字に当たって、クスッと笑ってしまった。蜉蝣ってやつは、想像上の昆虫の名らしくて、「多くの物を背負い歩く虫」だ。

私は眉根に力を入れてニンマリと笑った。これこそぴったりではないか。これからはバッグレディを見る時、この字を想像しよう。筆で書いてフの部屋のドアに貼ろう。

「いや……違う」

書に書くのはインスピレーションになるような言葉なのだ。姿勢をビシッとさせ、体と精神をシャキッとさせるような威厳があってこその美しい文字。

フは、やはりカタカナのフでいい。漢字を当てたら漢字も汚いものになってしまうから。

それでも「多くの物を背負い歩く虫」という定義は本当にぴったりだったので、「蝸蜑」は虫のように脳裏を這いまわり続けた。

漢字を調べることで少しは落ち着いた気持ちになって、半紙にいろいろな漢字を書いていると、父さんに呼ばれた。

「あけび、ご飯だよ」

「えっ」

最初は聞き違いかと思った。何年かぶりにお父さんが「ご飯だよ」という言葉を発したからだ。

ご飯は私の担当なのに。

お父さんはそれから二回繰り返し呼んだ。私はキッチンに行ってみた。

なるほど、寿司の出前を注文したのだ。ウニやカニやトロがいっぱい並んでいた。私は寿司の数と質を見定めて値段を想像した。この金額が、フという詐欺師にだまし取られた最初の金になる。これからお父さんの出費を、いつもよりもまめにチェックしなければならないぞと自分に言い聞かせた。

「さあ、どうぞどうぞ」

お父さんはにこにこ笑って、ダイニングに入ってくるバッグレディを席へ促した。

「お茶を淹れてきます」

お父さんに置き去りにされて、私はテーブル越しにフを涼しい視線で眺めた。フは慎み深い笑顔で私を見つめ返した。

表面は穏やかなおばあさんだけど、いったい何が目的で私たちの家に入り込んできたのか。ただの居候ならいいけれど。

「さあ、食べましょう」お父さんは寿司の容器を指して、「あけびの好きなホタテがいっぱいあるぞ！」と言うと、作り笑いを満面に浮かべて湯呑を持ち上げ、「かんぱい！」と叫んだ。

フは深く頭を下げてから「かんぱい」と言って、お茶をすすった。私は「何がかんぱいよ」と言って飲まなかった。

三人で黙々と寿司を食べた。口にとろけるほどおいしかったが、フの小皿にあけび色の毛がくっついていることに気づいて軽い吐き気がした。

一回咳払いをしてから、お父さんは言った。

「フさん、本当にお久しぶりです」

フは不揃いの細い目を愛想のいい三日月形に細めて頷いた。

フの小皿に、カニが一個とトロが一個乗っかっていた。慎み深そうな態度を見せているくせに、一番豪華なのを食べているではないかと私は腹が立った。

お父さんはさらに二度「えへん」と咳払いをして話し出した。

「フさん、あの時は、本当にお世話になりました。なんとお礼を申し上げればいいか……」

お父さんの目尻には涙が揺れている。

フは目を閉じて軽く会釈した。

「あの日に彼女がフさんに出会って、本当によかったです」

とお父さんは言った。

私は彼女と聞いて眉をひそめた。もう充分厄介な状態なのに、また厄介者が増えるのか。

フはお父さんを見て、笑いながら頷いた。

「しかし、あれで本当によかったのでしょうか」

と独り言という感じで呟いた。

お父さんは目を見開いた。

「よくないはずはないじゃないですか」

お父さんはなぜかチラッと私を見て、またフに目を戻し、相当狼狽《ろうばい》した様子で頭の天辺《てっぺん》を掻いた。

「あ、さようでございましたか」

とフはお父さんをじっと見ながら言った。「あの方はあの時のお忘れ物を気にしていらっしゃるようですね」

私は顔を歪めて二人を交代で眺めた。あの方のお忘れ物とは一体なんのことだろう。他人の忘れ物のことでどうしてお父さんがうろたえる？

「そうですね。もちろん気にはしているのですが、もうこれで落ち着いていますし、大丈夫です」

「そうなのでしょうか」

バッグレディはしつこくお父さんを見つめ続けた。お父さんは唇をさらに広げて歯をのぞかせ、頷きながら笑っていたが、とうとう俯《うつむ》いてしまった。

「とにかく、再会できて本当によかったです！　これからうちの家族になったつもりで、ゆっくり滞在してください」

フは顔を上げてお父さんを見据えた。

「では、お忘れ物の件が解決される時までは、居させていただきます」

お父さんは眉をハの字に曲げて、困ったようにフを眺めていた。

「……はあ、ぜひ、お好きなだけ、ごゆっくり……」

私は表情に出さないようにしたが、大事な情報を得たことに満足していた。この女の詐欺は「忘れ物」というキーワードから始まるみたいだ。「忘れ物」といえば、きっと若いお父さんがフに騙されたとき、結局買わなかった偽のグッズ、結局入らなかった偽の団体のことに違いない。大事な手がかりになりそうだ。「あの日の彼女」というのがだれなのかわからないが、カザミの可能性が高いと思った。やはりフが本当に狙っているのはお父さんを通じてカザミの莫大なお金を手にすることだ。

フは深々と頭をさげた。

「承知いたしました。それでは、お言葉に甘えてしばらくお世話になることにいたします」

フは箸を伸ばすと、トロを二個小皿に移した。

4　バッグレディの手料理

フの詐欺を暴くには、まずバッグの中を覗くことが必要だと思った。詐欺の詳細はまだ見当がつかないが、「あの時の忘れ物」はバッグの中に納めてある可能性が大いにありそうだ。でも、覗くのはなかなか難しかった。フがバッグを滅多に手放さないからだ。

もちろん、部屋に飛び込んでフを倒し、バッグを引き裂いて中身を見ることはできるだろう。でも、そんなことをすればお父さんに追い出されるかもしれなくて、フの詐欺を暴くのはより難しくなるだろう。できることなら、フがいない時にこっそり調べたいけれど、フは私がマンションにいる時は、バッグをいつも手もとに置いている。トイレに行く時さえも、全部持ち込む。うちのトイレが広いからできるのだが、以前はいったいどうしていたのだろう。

「なるほど、だからトイレに住む必要があったんだ」

夜はもちろん眠っているが、その時は主寝室のドアに内側からカギがかけられているから入ることができない。

それに、私は忙しかった。朝起きると、お父さんの朝ごはんを作ってテーブルに置き、自分の分をかきこむや自転車に飛び乗って登校する。学校の間は勉強に集中し、アムールが悩んでいる些細《ささい》な問題について相談に乗り、学校のあとは週に二回、三時半から書道部の練習がある。週に三回、七時から九時まで塾もあるから、その日は三ノ宮駅近くのゲームセンターで、スナックを食べながら宿題を済ませる。アムールは数学や化学が不得意で、宿題を手伝うことも多かった。おまけに、お父さんは放っておくと夕食をポテトチップスやワインだけで済ませてしまうので、朝でかける前に準備して冷蔵庫に入れておく必要がある。

さらに、国際高校生選抜書展の締め切りは目前なのに、フが来た日から李斯の書を書けなくなっていた。他人を受け入れようと思っていたのが、他人をマンションから追い出すのだという気持ちに変わってしまったのだから仕方がない。夏休みからずっと練習していた書を放棄するのは惜しいけれど、やはり新しい書を探すことにした。でも、今の気持ちにぴったりなのが見つからない。リズムを取り戻すために、小学生に戻った気持ちで「希望の光」とか「夢の実現」など書いたりして、結局提出したのは何の思い入れもない漢文の書だった。

こんなにやるべき課題が多いのに、最近ボーッとスマホを眺めている時間が増えた。LINEのスタンプは探し出せば切りがなくて、ブタやウサギのスタンプをスクロールするたびに満足度が下がるのにやめられず、空疎な時間を派手に費やしている。

時間が空疎になると、どういうわけかお腹《なか》も空く。塾からまっすぐ帰ることにしていたのに、最近は無性にお腹が空くからコンビニに寄っておにぎりを買う。嫌いな具が入ったのしか残っていなくても買って食べ、そのうちに普通のおにぎりだけでは満足できなくなって、牛カルビなど豪華なおにぎりも買うようになった。

フは毎日部屋にこもりきりで、お父さんに詐欺を働きかける気配はなかった。お父さんはいつものように書斎で書きものをしたり、ネットで調べものをしたりしていて、食事の時以外にはフと話し合っている様子もない。お父さんが「しばらく考えさせてください」と言っていた忘れ物の件はどうなっているのだろう。私がいない時に話し合っているのだろうか。

一方、お父さんはやはりフをマンションに住まわせたことに対してやましい気持ちもあるようで、私の部屋に来ては「大丈夫、詐欺師じゃないからね」と言って、私をカミツキガメとでも思っているかのように、いつでも逃げられる態勢で髪の毛に触れた。

私が無視するとしばらく待ってからしょんぼりと出ていくのだが、数時間もしないうちにまたすごい折り紙を持ってくる。だんだんエスカレートして、より難しいのに挑戦しはじめた。菊にハリネズミにペガサス。お父さんったら、何で折り紙だけが上手なのだろう。カニにアジサイにドラゴン。机が折り紙だらけになってベッドの下に並べることにしたが、何日かするうちに数が増えて、まるで軍団みたいになった。軍団ならどんなにいいか……ドラゴンがフを口に咥えて遠い空に連れて行ってくれるならどんなに素晴らしいかしれない。

机の上に常備している筆ペンと半紙に、どこかで聞いた近代小説のタイトルを書いた。

お父さんにぴったりだ。フと遊んでいると思い込んでいるお父さんは、フの玩具にすぎないからだ。

お父さんを玩具にされてはたまらない。戦うのだ。

まずは、この居候に家事をさせてみることにした。ちゃんとした仕事をせずにお金が流れ込むのに慣れている詐欺師なら、きっと掃除や料理をさせられるのを嫌がるだろう。この作戦には他にも利点がある。フを長時間キッチンに立たせておけば、その間にバッグを覗くこともできるかもしれない。

フが来て一週間経った土曜日の昼下がりに話しかけた。

「居候してるなら、毎日ご飯作ってくれる？　掃除もお願い。私は学校で忙しいし、あなたが来たせいで家事が増えて困ってるの」

「はい、確かにおっしゃるとおりでございます。私めでよろしければ、ぜひお料理とお掃除をさせていただきとうございます」

ふうん。すぐ快諾されたのは意外だった。よし、どの程度やってくれるか試してみよう。難しい料理からスタートだ。

「夕飯のメニューは私がメモするから、そのとおりの料理を作ってくれる？」

「かしこまりました」

普通より深いお辞儀をされたので、フの頭頂の白髪を見てしまって、あけび色のクレマチスに似ていることに気づいてうんざりした。

「よし。今晩と明日のメニューと、毎日やってもらう掃除などをリストアップするから、よろしくね」

「はい、力の限りお引き受けいたします」

フの眩しい笑みを背に感じながら自分の部屋に入った。インターネットで、材料が多くて難しそうな料理のレシピを三つ選び、プリンターで印刷した。細かい掃除のリストも書いて、フに渡した。

「はい、承知いたしました」

フは深々とお辞儀して、天皇陛下からの勅語でもいただくような姿勢で受け取った。平気そうだったので少し動揺した。今晩の料理に選んだのはビーフ・ウェリントンにエッグベネディクトに手作りのフランスパンなのだ。

フは主寝室に入ると、二十分もしないうちにドアをそっと開けた。全部のバッグを持ったまま買い物に行こうとしていた。

「待って。バッグは部屋に置いていけば？　そんなに抱えては買い物できないでしょ？」

また深々と頭を下げられた。バッグや袋が、いろいろな角度でぶら下がったり、滑り落ちたりした。

「まったくそのとおりでございます。しかし、あけみ様」

お辞儀を繰り返しながらフは言った。「私めにはこのバッグを置いていくことはできかねます。このバッグを背負い、このストールを巻くのが私めの使命なのでございます。私めの、運命とも申せましょう。どうか、ご理解を賜《たまわ》れれば幸いでございます」

「はあ？」

使命!?　運命!?　ただの居候でしょうが！

歌舞伎役者みたいに口を曲げて睨む私の横を通って、バッグレディはお辞儀を繰り返しながら玄関の方へ行ってしまった。

「材料の買い出しに行ってまいりますので、しばらくお暇《いとま》させていただきます」

至難の料理を作れと言った相手に、どうしてそんな明るい口調でものが言えるのか不思議だった。

私は部屋で宿題をするつもりだったが、バッグレディのことで気が散って、気づかないうちにインスタを見ていた。学校では最近、松沢（「マツザ」）という、若くてかっこいい科学の先生で盛り上がっている。マツザはファッションセンスがよくて、特に靴が美しいことで好評だ。

それでアムールと二人の仲良しが、今流行《はや》りのファッションをマッザに着せるゲームを始めているようだ。イラストが上手なアムールはそれをイケメン風に描いてどんどんインスタにアップロードする。あまりにもうまいイラストだからついつい引き込まれてしまう。

ちょっとだけ覗いてから宿題を続けると自分に誓ったのが、気づいたら一時間も経っていて、慌てて教科書に目を戻した。しかし、いくら活字を追っても、内容はまったく頭に入ってこなかった。

バッグレディは三時半にようやく帰ってきて、夕食の準備に取りかかった。そしてなんと——食卓には美食の数々が並んでいた。

ビーフ・ウェリントンの皮はフワッとできあがっていて、ビーフは口にとろけそうなほど柔らかくて美味しかった。焼きたてのフランスパンも申し分がなかった。エッグベネディクトは初めて食べたが、ソースはプロ並みかもしれなかった。

私は大混乱に陥りながら、すこしずつ口に運んだ。匂いを嗅ぐだけで、飢えた野良猫みたいにガブリと丸のみにしたくなるような料理だった。意に反して、口から涎《よだれ》が垂れたのを感じて慌てて拭いた。

お父さんも大いに気に入ったようで、にこにこ顔で、

「あけび、ほらフさんはシェフ・ド・キュイジーヌでもいらっしゃって、素晴らしいだろう？」

「シェフ・ド・まずいの間違いでしょ?」

しかし、口では罵倒しても、夢中になって食べてしまった。そして、洗う必要がないほどきれいになった皿をしばらくの間呆然と眺めた。

もくろみははずれ、バッグの中身を見ることはできなかった。

フは料理をしている間、バッグを全部キッチンの床やカウンターに置いていたのだ。料理はおいフが来てから毎日やっているように、アプリを使って銀行預金の残高を調べた。

しかったが、バッグレディに高級和牛など買う経済力があるはずはない。残高は絶対に減っているはずだ。

ところが、調べてみると前日から引き出しがないことがわかった。

いったいどういうこと?

ビニールシートの家や天井裏で暮らしてきたフに、どうやってビーフ・ウェリントンの材料を買うことができたのか。

その時、右手が鉛筆を握っていてノートに文字を書いていることに気づいた。

手が、脳と相談もせずに、言葉を書いていたのだ。

珍味……佳肴《かこう》……大盤振る舞い……

「ひゃ！」

鉛筆を投げ捨て飛び退《の》いた。「いったいなんで！」

自分の筆跡で書かれた、書くつもりのなかった字を眺めてから、紙をクシャクシャにしてごみ箱に捨てた。

フが来てから、お父さんはいつもより変になっていた。今はベッド《B》・アンド《&》・ブックルーム《B》に閉じこもって、顔が青く染まりそうなほどパソコンの青っぽい画面を眺めていた。それに、いつもなら私が背後に回って画面の内容を見ていても平気だったお父さんだが、フが来てからは私の気配に敏感になって、近づこうとするとすぐに画面を閉じる。カザミとチャットをしていることも多くなったようで、私が見たいとも思っていないのにチャットの画面もすぐ隠した。


翌週、カザミから私宛ての速達がきた。速達は初めてで、開けることにした。中を読むと、フがカザミの手紙にも浸透してきていることがわかった。

「フさんという素敵な人が来たようね！　料理が上手だってね。お父さんはフさんのことを大事に思っているから、あけびちゃんも優しくしてあげて。私もフさんに会いたい！　このロケが終わったら、絶対に遊びに行くから……」

私は目を逸らした。カザミが日本に戻ってくることはないだろうけれど、お父さんが頼めば、フにお金を送ってくることは十分ありうる。

いくらカモのお父さんでも、詐欺師への思い入れがこんなに激しいのは初めてのことだし、カザミ自身が詐欺師に関わってくるのも、これまではなかったことだ。

速達を押入れのスーツケースに投げ入れ、和室に入って墨を磨った。そして、

父
母

と書いてみた。

私の父は、「父」ではない。父という存在は、子どもを守り、仕事をすることで経済的に支え、子どもが危機に直面した時には、自分の経験から学んだアドバイスをしてくれるものだと思うが、お父さんは子どもの安全も考えずに詐欺師を家に入れ、母ではない母と手を取り合って、その詐欺師に従おうとしているのだ。

今度は「母」という字を睨んだ。母は……なんだろう？　私は母を持ったことがないから、わからない。幼いころは優しく抱いてくれて、生きていく基本を教えてくれて、娘が成長すれば母親的なアドバイスと励ましを言ってくれる人……なのかな？

「父」と「母」を並べて眺めたが、外国語の字のように見えた。

もう一枚文鎮で抑えて、「子」と書いた。何のイメージも湧いてこなかった。父母がいなく

ては、子はただの無意味な空間ではないかしら。

三つの字を眺めているうちに、だんだんやりきれない気持ちになっていった。どんな偉い人の句を並べても、何の意味もなさない気がした。

恐る恐る、もう一枚半紙を置いて、「私」と書いた。やはりただの黒い線の寄せ集めにしか見えなかった。

この意味のない「私」になるために生まれてきたのだとすれば、生まれて来ない方がよかったのではないか。

その日から、深い疎外感に浸るようになり、なかなか振り払うことができなかった。

うちの組では、女子バスケットボール部のキャプテンで背の高い三浦が、試合で男子顔負けの見事なダンクシュートをしたことで騒いでいた。髪を短く切ってニコニコ顔が魅力的な三浦は、女子の憧れの的。飾り気がなく親切でもあるから、私も好感を持っているが、バッグレディで悩んでいる今、三浦騒ぎはただただうるさいだけだった。それに、うらやましくもあった。三浦の「私」はあんなにはっきりしていて揺るぎないのに、私の「私」は分解しつつある。「私」の字を取り戻さなければならない。「私」がちゃんと「私」でなければ、書も書けないし、フとも戦えない。

戦わなければ、負の連鎖が続きっぱなしなのだ。

もしフがお父さんとコミュニケーションを取っているとすれば、私が学校に行っている間だろう。私が家にいる時はお父さんを気にしている様子さえなく、表面的にはおとなしい。煽り立て作戦は根気よく続けたけれど、スナックのトイレの上で暮らしてきたフは、どんなにマンションを住みにくい環境にしようとしてもなんとも思わないようだ。失礼な言葉を浴びせたりしても、冷静さを失うことはなかった。

部活や塾から戻った時には、廊下を抜き足差し足で歩いてフの部屋を覗こうとした。フがバッグの中身を取り出していじっている可能性があると思ったからだ。しかし、覗いた時にはフは色とりどりの紐や布切れに囲まれてストールに刺繍ばかりしていた。

そのストールも、不思議なものだった。水玉やチェックという決まった模様はなく、絵巻物のようにいくつもの独立した風景がいろんな色の糸で縫い付けられていた。さっと見ただけでも、高原、海底のサンゴ礁《しょう》、桜の並木道と宇宙船が止まっている惑星の渓谷。どの風景にも子どもや動物が縫いこまれていた。ストールは一枚の布ではなく、さまざまな材料やテクスチャーの布地を合わせたもので、つぎはぎの縫い目がはっきり見えた。

さらに不思議なことに、ストールは毎日伸びては数日ごとにフの首を一周できるほどの長さになった。フはできあがった分をどんどん首に回していたが、一つの端だけが胸にダラダラとぶら下がっていた。もう一つの端はいったいどうなっているのだ？

二週間ぐらいしか居ないのに、巻かれた部分にまた新しい部分が縫い足されていた。ラベンダーや菜の花が咲き乱れる段々畑の風景と、熱帯鳥が飛び交う滝だらけの島の風景だ。どちらの風景も、信じがたいほど細かい縫い目で小さい子どもや動物が縫いこまれていた。新しく縫われた部分は一メートル半以上になるはずなのに、首の周りのストールは少しも分厚くならない。それがどういうことなのか、気になって仕方がなかった。

子どもの時に読んだホラー話を思い出してしまった。ある男がとてもきれいな女と結婚する。女にはきれいなドレスがたくさんあるが、首にはいつも同じ黒いリボンをしている。男は気になって、「外して」と言うけれど、女は拒む。「このリボンだけは取らないで。後悔するわよ」と言う。

ある夜、女が寝てから、男はベッドに隠した大きなハサミを取り出して、リボンを切る。切った途端、女の首は体と離れ、床の上を転がっていく。

女の首は、「と、ら、ない、で、と、言った、の、に」と悔しそうに言うのだ。

夜中に目が覚め、ひょっとするとフのストールはホラー話の女のリボンと同じなのではないかと思って、ぞくっとした。

十月上旬のある火曜日に、思いがけないことがあった。アムールが百点満点の英語のテストで十三点を取ったのがきっかけだった。

アムールは普段でも英語が弱いが、それでも七十点程度で、本人はあまり気にしていない。

アムールは点数が低い時は私の背中をとんとんと叩き、振り向くとテストを見せながら下唇を大げさに突き出す。でも目は笑っている。私は肩をすくめてみせ、アムールはクスクス笑って、テスト用紙の余白に得意なイラストを描き始める。

ところが、この時は違った。英語のテスト用紙を受けとったアムールは机に置かれた用紙を静かに眺めるだけだった。

背中を叩かれなかった私は気になって自分から振り向き、ゾッとした。アムールのテスト用紙に血のシミがポツン、ポツンと落ちていたのだ。

私は囁《ささや》いた。

「テスト、早く隠して。そして、気分が悪いと言って保健室に行って」

「保健室?」

手の甲から血がポタポタ落ちていたのに、アムールは呆然と私を見て不思議そうに首をかしげた。

これを芦田が気づいたら大変だと思って、さらに声を小さくして囁いた。

「手を見なさい、手を」

「あっ」

アムールは手を見下ろして、目をパチクリさせた。アリスがウサギの穴から出てきて初めて不思議の国を見た時には、同じような目つきをしただろう。

まだ動こうとしないから、私は手を上げた。この授業は何でも英語で言わなくちゃいけないから胸がどきどきした。

「Ms. Aida is sick. May I take her to the nurse's room?」

ジョンソン先生は少し驚いた顔をしたが、「Of course」と承知してくれた。

アムールを保健室に連れていって傷を洗浄してもらった。稲枝《いなえ》先生は保健室でちょっと休まないかと勧めてくれたが、アムールは首を振った。一緒に教室に戻る途中、気になっていたことを聞いた。

「ね、ひょっとしたら尾上さんと別れたの？」

尾上というのは、去年の夏からアムールがゾッコンだった、学年が二年も違うのにこっそり付き合っていた書道部の先輩のことだ。パフォーマンス書道を披露した文化祭が終わるとすぐ、アムールはその男にフラれた。尾上がアムールと付き合ったのは美貌とパフォーマンスの才能に惹かれたためで、冷たくなったのはアムールがあまりに幼すぎて人にベタベタくっつく癖にうんざりしたためだろう。それでもアムールは諦め切れずに接しようとして、尾上に頬を叩かれた。

二人はもう関係が切れたと思っていたのに、今年の夏休みになると尾上の方からデートに誘ってきた。アムールは喜んでいたが、私は反対した。大学生になった尾上は、アムールを夏の間だけの遊び相手にしようとしていると踏んだからだ。

アムールは尾上の名前を聞いて突然、棒立ちになった。

「やっぱり。尾上さんはもう大学生でしょ？　アムールはアイツにはもったいなさすぎよ」

しばらく目を泳がせてから、アムールはすばやく、絵文字ほども大きい笑顔を私に向けた。

「尾上さんとは別れてないよ。全然違う！　十三点しか取れなかったのが悔しかっただけ。私、トイレに行くから先に戻ってて」

5　笑いヨガ

十月中旬になった。まだ暑さが残っているが、早朝登校する時と夜塾から帰る時は、秋めいた涼しさを感じてほっとする。真っ青な秋の空を背景に紅葉が赤く燃えるころまでにはバッグレディを追い出しておきたいなあと思った。

アムールはますます暗くなって、覗き見防止フィルターをかけたスマホばかりいじっていた。きっと尾上にメールでもしているのだろうと思ったが、万が一自殺サイトでも見ていたら大変だから、できるだけ覗くようにしていた。

そのころからストレスのせいで肌が荒れだした。フの美味しくて憎い料理のせいで体重も増えていた。フの料理を食べないように帰宅途中にコンビニに寄って豪華なマグロ入りのおにぎりを買うのに、うまい料理を前にすると我慢できなくなる。おかげで前屈みになって半紙を拾う時に、以前にはなかった気持ち悪い腹の膨らみを感じ始めたから、ダイエットを検索した。

女性が、キッチンスケールにドカッと乗せられた肉の塊を見て大げさに驚いていた映像があって、「醜い肉を五キロ減らしてきれいになろう！」と書かれていた。思わず眉をひそめた。

体の醜い部分といえば、心臓も醜いし、脳も醜い。だから器官を全部減らせばいいと言われている気がした。ダイエットするのも恐ろしい気がする。

ある日帰宅したら、カザミからの手紙が届いていた。フのことが書いてあるかもしれないと開けると、気に障るフレーズが目に飛び込んでくる。

「お母さんはあけびに会えなくて毎日寂しくしているのよ。でも、お母さんは近いうちに日本へ遊びに行くことにしました！　フさんにも会いたいしね♪　あけびちゃんにプレゼントもいっぱい買ったから、楽しみにしてね♡」

私は暗い顔で花付き便箋の手紙を見下ろした。まさか、サンタクロースのつもり？　カザミがサンタでは、世界中の子どもたちが、くだらない台湾映画のＤＶＤを見てクリスマスを過ごさなくちゃならなくなると思って、手紙をスーツケースに捨てた。

書道部では十一月三日の文化祭を控えて、書道パフォーマンスの稽古をしていた。私はパフォーマンスが苦手だが、パフォーマンスが好きなはずのアムールも、文化祭が近づくと去年の尾上とのことを思い出しているようで、悲しそうにしていた。そんなこんなで、部活に行くのが億劫《おっくう》だった。

ちょうどその頃、国際高校生選抜書展の結果が届いた。狙っていた大賞に選ばれず、二ランクも下の秀作賞にしかならなかった。適当に選んで出した書だから当たり前だが、それでも悲しかった。父にも母にも頼れず、アムールといてもいつも頼られ役にされている私の生活には、故人が書いた哲学だけが生きていく支えだったのに。

ある土曜日のこと。

朝九時から部活があったが、パフォーマンスの稽古の途中、突然、悲鳴が上がった。

書道部の教室の天井からはたくさんの紐がかけてあり、書き上げた書を洗濯ばさみで紐から下げて干しているのだが、書道室は天井が高いから梯子《はしご》を使う。その日はできあがった大きな書を天井から下げてみんなで評価しようということになっていたが、梯子に登った坂下という一年生が転落し、足首を折ってしまったのだ。

救急車が来て坂下は病院へ運ばれ、顧問の古在先生と何人かの一年生部員も病院に駆けつけたので、土曜日の稽古は二時間も早く解散になった。

最近なんでも中途半端に終わると悔しい気持ちで帰宅した。

お父さんは今日は、石の形を見て未来が予言できる男の取材に出かけて夕方まで帰って来ないと言っていたから、マンションにはフしかいないはずだった。

冷蔵庫を覗くと、フ特製のマロンクリームケーキが入っていた。それを部屋へ持っていって、料理用の大きいスプーンで平らげた。スプーンをおいた瞬間から、詐欺師の作ったデザートを食べて癒されようと思った自分がイヤになり、ベッドに突っ伏した。

どうにかして心のバランスを取り戻さなければならない。

和室に入り、半紙を前にして墨をゆっくりと磨った。そして、できるだけ頭の中を無にして、いい句が浮かんでくるのを待ったが、だめだった。
とにかく、坂下の快復を祈って何か書こう。

坂下奈穂美　速やかな快復

今自分に起こっている問題と関係ないことを書くと、筋肉がほぐれるのを感じた。坂下のことを念頭に「再挑戦」とか「前進あるのみ」などと書いているうちに、主寝室から変な声が聞こえてきて、筆が止まってしまった。

あとになって思えば、私はほとんど音を立てずにマンションに入ったから、フは私が早い時間に帰宅したことに気づかなかったのかもしれない。

隣の主寝室で、「キャッ、キャッ」とだれかが甲高い声で笑っているのだ。小さな子どもがはしゃいでいるような声だった。うちのマンションにも、マンションの近所にも小さな子どもはほとんどいないのに。

だれもいないのをいいことに、変わり者のフが、「キャッ、キャッ」と笑いながら転びまわっているのだろうか。しばらく我慢していたが、不気味な笑い声は大きくなる一方だった。

時には、どすん、と畳に尻もちをつくような音もした。

どすん！

「キャッハッハッハ！」

これでは隣室のことが気になって集中できない。文句を言いに行こうと思った矢先、お父さんの声が聞こえた。

お父さん⁉

耳を疑った。

しかし、フの部屋からは、変な笑い声に交じって、たしかにお父さんの笑い声もした。

「キャッハッハッハ！」

「ホ、ホッホッホ！」

笑いが収まって、お父さんがフに何か聞いているようだ。

フはブツブツと答える。

お父さんは「なるほど」というようなことを言う。そして、また噴き出した。「ハ、ハ、ハ！」

もう、我慢できない。

私は飛び上がって、わざと隣室に聞こえるような大きな足音で畳を踏んで廊下に出た。

主寝室の中から小さな叫び声があがった。フの声らしい。ドアノブを回そうとしたが案の定鍵がかかっていたので、力を込めてガタガタ鳴らした。

ドタバタとお父さんの足音がして、カチンと何かを閉める音がした。書斎と主寝室の間の連絡ドアだろう。

フがちょうどバッグの中身を取り出してお父さんに見せていたのかもしれない！　バッグの中にはマリファナが入っていて、奇妙奇天烈なBGMを聞きながら、二人で盛り上がっていたのかもしれない！　フはお父さんにマリファナを吸わせ、詐欺を働こうとしているのだ！

ドアノブを激しく揺らして、「開けなさい！」と叫んだ。

フが慌てて駆けつける気配がして、ドアは内から開けられた。

お父さんはもう姿を消していた。

フは息せき切ってベッドに座った。これまではいつも穏やかだった顔は赤かったし、ストールも乱れ、額には汗の粒さえ浮いていた。

「何していたのよ。お父さんはどこ？」

フはハーハー言いながらも深々と頭をさげた。

「お父様ならお出かけでございます。あけみ様がご在室とは存じ上げなくて、私めは一人で『笑いヨガ』をいたしておりました。申し訳ございませんでした」

真っ赤な嘘だ。

「お恥ずかしい声をお聞かせしてしまい、申し訳ございません。笑いヨガは笑いながらいたしませんと効果が出ないものですから、つい力を入れすぎまして……」

ザっと部屋を見回した。中身が見えるバッグは一個もなかった。

近くのバッグの前に跪《つまず》いて、さかさまにして中のものを床に落とした。

「あっ！」

とフから甲高い声が上がった。「あけみ様、バッグにだけは触れてはなりません……」

肩に手をかけて私を抑えようとするフの手を振り払い、順番に全部のバッグの中身を床に落としていった。この詐欺のトリックをこの目で確かめるのだ！

ところが、転がり出てきたものを見て、訳がわからなくなった。

「ん？　なにこれ。ただのガラクタじゃない？」

背後からフの、さっきとは違って落ち着いた声がした。

「そうでございますよ、あけみ様。ただのガラクタです。しかし、私めにとっては最高の宝物で、それを守るのが使命でもございます」

汚なそうなものばかりだった。クシャクシャになった新聞の切り取り。髪の毛が抜かれた古い人形。笑顔が貼りついているプラスチックの人参。安っぽいイアリング。壊れたハイヒール。大阪城のキーチェーン。ゲームセンターで買える、フィギュアなどが入っているプラスチックボール。破れた写真。笑う絵文字のステッカーが貼られたクリアファイルの破片。かぼちゃのついた古い携帯ストラップ。だれかが破りかけた手紙……。

三つのバッグには刺繡に使う道具と材料がたくさん入っていた。色とりどりの細い紐の束やさまざまな大きさと太さの針、いくつもの針刺し、二、三十以上の違った形や模様の指ぬき、いろいろな形と大きさのハサミ、何種類もの生地……それらが、ガラクタと一緒に床いっぱいに転がっていた。

バッグは詐欺と関係ないのか？　混乱してしばらく頭が回らなくなった。

とにかく、この機会に部屋を隅から隅まで探すのだ。そう思って開け放っていたドアを乱暴に引っ張って後ろを覗き込むと、意外なものが目に飛び込んだ。

お父さんのスニーカー!?

スニーカーを鷲づかみにしてフに突き出した。

「お父さんはいないって？　だったら、どうしてここにスニーカーがあるの？　玄関に置くべきなのに、どうしてドアの陰に隠してあるの？」

フは瞬《まばた》きさえしなかった。

「スニーカーでございますか。ああ、実は、私めは今朝お父様のスニーカーのタンの修理をさせていただくことになりまして、お部屋に置かせていただいていたのですが、大変な不注意でした。あけみ様はきちんとしたお方なので、たとえ修理のためでも部屋に置くなんて汚いとお思いになっていらっしゃるのでしょう。たいへん無神経でございました」

スニーカーを持ち上げてみると、確かにタンはひどく傷んでいた。真っ二つに破れそうになっていて、縫い合わせる必要はあった。言い訳は完璧だが、ちっとも信じてなんかいなかった。お父さんは金持ちのくせにいつになっても新しいスニーカーを買わないから、ボロボロに決まっているし、ボロボロのままで平気な人だ。

お父さんはさっきまでこの部屋にいて、フと話し合ったり、笑い合ったりしていたのだ。出かけているると私に思わせるために、スニーカーを玄関に置いていないだけだ。

「なんのヨガをしていたか知らないけど、うるさいからやめてよ。このスニーカー、玄関に戻すよ」

証拠になるスニーカーを持って、力任せにドアを閉めると、隣室のドアを叩いた。

6　大事なペリカン

「いるでしょ？　ごまかしても無駄よ」

やや沈黙が続いてから、お父さんが回転椅子から立ち上がる音がして、ドアが開いた。

「どうぞ」

お父さんの書斎は新しい本や古い本や家具でいっぱいだった。この部屋だけは私がデザインに手を入れていないから、お父さんという人間のように、ダサい部屋だ。たとえば、私たちにはカザミというスポンサーがいるのでいつでも最新型のオフィスチェアが買えるのに、どんな姿勢をとってもキーキーいう壊れかけの椅子を使っている。安物の本棚は本の重みで大きく歪んでいる。私がブラケットと釘を使って壁に固定していなければ、お父さんの残りの人生は次の震度五の地震までになっていただろう。

ベッド替わりに使っているソファは、カザミに会う前のアパートの物らしく、生地は長く洗っていないタオルのように臭い。触るとベトベトでポテトチップスの匂いがする。

お尻が触れる面積をできるだけ小さくするようにして汚いソファに座り、すぐ尋問に入った。

「さっきバッグレディの部屋で二人で笑い合ってたでしょ？　いったい何してたの？」

「フさんの部屋？　いや、僕は朝から出かけていて、さっき帰ってきたんだよ。今は記事を書いている」

私はスニーカーをぶら下げて見せた。

「ふーん、そうなんだー？　それで？」

父は唇をいろいろな角度に歪めた。嘘を考えようとしているみたいだったけど、嘘音痴のお父さんには無理だ。

「……まいったな。はい、フさんの部屋にいました」

「バッグレディの部屋で二人で何していたの？　どうして私に嘘をつく必要があるの？」

お父さんは深いため息をついてから、仕方なくというふうに答えた。

「ストールを見ていたんだ」

「ストール？」

「うん、最近の刺繍を見せてくれて、面白かったので一緒に笑っていた」

「えっ？」

私は上唇の両端が歪んで、鼻のあたりが皺だらけになった。「さっぱりわかんない。刺繍を見るために、スニーカーまで隠してバッグレディの部屋に入ってドアに鍵をかけたの？」

お父さんは首をかしげて惨めそうな顔をした。

「いや、実は、例の『忘れ物』のことで相談したくて、部屋に入ったんだ。それでストールの話になって……」

「忘れ物、ね。昔、何を忘れたの？」

お父さんは一瞬混乱した顔をしたが、何かを思い出したように椅子をキーと言わせて立ちあがり、本棚にあるものを手に取って渡した。

「これだ」

私は渡されたものを両手に持って、転がしてみて、じっと覗き込んだ。

手のひらにあったのは、さっきフのバッグにも入っていたような、ゲームセンターの玄関口にずらりと並んでいる機械に百円投入してハンドルを回せば出てくる、プラスチックのボールに入っているちゃちなフィギュア。この場合は……ペリカンだった。

また嘘かとお父さんの顔をうかがうと、うつむき加減になって上目遣いで私を見ていた。嘘つきの顔ではなく、秘密がばれて悔しそうにしている男の子の顔だった。

「バッグには、大事な宝物がたくさん入っているんだ。これもただのフィギュアに見えるけど、本当は僕の大事なものなんだよ」

私は眉を吊り上げて、軽蔑の息を漏らした。

「ペリカンが？」

「そうなんだよ。フさんの素晴らしい善行の印だ。カザミのこと、思い出すな。その意味ではね、黄金よりも大事なものだ」

しばらくペリカンを眺めた。色付けが雑で、くちばしの橙色《だいだいいろ》は首まで滲《にじ》んでいた。何でこれを見てカザミを思い出せるのだろうか。

フが思い出させているに違いない。お父さんにストールやガラクタを見せて、何かを思い込ませる……そして、お父さんに……売ってる？

私はお父さんに慎重に聞いた。

「フィギュアを、フから買ったの？」

「いや、フさんが『忘れ物』を取り返すまで、貸してくれたと言った方が正確かな」

フが、ペリカンを、貸してくれた⁉

お父さんは「ふふ」と嬉しそうに笑って首を振ってから、「まさか、買えるものではない。このフィギュアは僕の誓いのシンボルなんだ。十七年前の忘れ物を取り返す誓いの大事な印だ」

「じゃあ、説明して。フィギュアと忘れ物は何の関係があるの？」

私は身を乗り出し、熱心に尋ねた。

「そうだね……フィギュアは、何って言ったらいいかな。フィギュアは……僕らを叶わない世界とつなげるモノ、かな」

私が首をかしげているのを見て、お父さんは説明を加えた。「叶わない世界はストールの中の世界だよ、フさんが刺繍で作った世界だ」

いったい何を言っているのだ？

少し躊躇《ちゅうちょ》してから、お父さんはつづけた。

「フさんが開かないと見られないけど、叶わない世界は生きているんだよ。リアルなんだ。リアルであって、理想郷でもある、素晴らしい世界。実はね……」

そのとき、何か大事なヒントを話そうとしているお父さんと、答えを待ち望んでいる私の耳へ、

「ウウン」

と、隣室のフが咳払いをするのがはっきり聞こえた。

お父さんは紐を引っ張られた操り人形のように首を振って、すこしの間、目を泳がせてから、私と目が合って笑った。

私は肩を落とした。真実に手が届きそうになっていたのに、バッグレディめがメイン・スイッチを切ったのだ。

「いや、やっぱりまだ言わない方がいいなあ。叶わない世界についてもペリカンについても、いずれあけびにもわかる時が来る。そして、その時にはあけびもフさんの素晴らしさを認めるだろう」

これ以上探るのは無理だろうと思って立ち上がりかけたが、ふとお父さんのさっきの、奇怪

な笑い声を思い出した。

「フとストールを……いや、叶わない世界を、見てたんでしょ？　何を見てたの？　どうして変な声を出して笑ってたの？」

お父さんは頭をポリポリ掻いた。

「ゾウがおかしかったから、笑ってたんだよ」

仕方なさそうに答えて、はっはっはと歯を見せて変な笑い方をした。その時の虚ろな目はちょっぴり怖かった。今のお父さんは説得が通用しないところまで行ってしまっている。

和室に戻るとすぐに口座の残高を調べてみた。お父さんは、ペリカンはフが貸してくれたものだと言っていたが、本当はお金の取引もあったかもしれない。だが、残高は変わっていなかった。お父さんの大きな買い物は、「忘れ物」を取り戻す際に行われるのだろうか。

畳の上に正座して、これからの方針を考えようとした。

今日は少し進歩があった。フのトリックを知ることはできなかったが、大事な情報を手に入れることはできた。トリックの軸になっているのはバッグではなくて、ストールなのだ。父はそのストールに宝物が入っていると思い込んでいて、生き物も動き回っていると信じていた。つまり、バッグレディはお父さんを洗脳しているか、お父さんに催眠術のようなものをかけているのだ。

今は筆を脇に置き、脱洗脳の研究に取り組まなくてはならない。

7　懐中電灯が照らしたもの

フは、カルトのリーダーなのかもしれない。お父さんは十七年前にフと交流があった時、洗脳されそうになりギリギリで脱会したけれど、やはりカルトに未練があって、フの記事を読んだ時に惹きつけられた。マンションに入り込んだフは、私が出かけている間にゆっくりとお父さんを洗脳することに成功したのかもしれない。

お父さんは「僕ら」が叶わない世界とつながっていると言っていた。カルトなら他にメンバーがいても不思議じゃない。メンバーはカザミだったかもしれないが、まったく別な人物かもしれない。「僕ら」が百人か千人いたらニュースになりそうだけど、ウェブで「叶わない世界」や「チェン・フ」や「ストール」などのキーワードを検索しても何の情報も得られなかった。

「笑いヨガ」の翌日は部屋にこもり、宿題を脇にやってカルトや洗脳のことをスマホで調べた。調べてみると思ったよりも怖い話だったし、脱洗脳も非常に難しそう。

ネットで見つけた脱洗脳についての情報はあまり詳しくなかったから、久しぶりに市の図書館に出かけて厚い本を何冊か借りてきて部屋で読んだ。

フに覗かれる心配はなかった。図書館に行く前に、夕飯にエキゾチックな材料がたくさん入っている三種類の手作りのインドカレーと、デザートにはなかなか手に入らない味のアイスクリームを頼んでおいたのだ。フは長くて大変な買い出しに行かざるを得ないはずだ。

フがいないうちに、すぐにでもお父さんに脱洗脳の方法を試してみたかったが、早まっては失敗するかもしれないので、ケーススタディをたくさん読んで知識を積んでおくことにした。

フが帰って来る気配がした。たくさんのバッグと買い物かごをカサカサコソコソさせながらキッチンに向かい、忙しそうにしていた。

気晴らしにアムールに、カワウソがリンゴを食べている動画を送った。尾上以外のものに少しでも興味を持ってもらえばと思って、一日に五つほど、インスタやYouTubeなどで目に入ったかわいいのを送ることにしていた。先日はくまんぽぽのグッズを扱っていると聞いた遠いショップにも足を延ばし、バッグのストラップを抱っこしてぶら下がるぬいぐるみも買ってあげたが、アムールのバッグから悲しくぶら下がっているだけであまりかわいがってもらえなかった。

今も返信がない。

仕方なくまたカルト研究に没頭した。

少し時間が経ってから、「あけみ様、ご飯でございます」と馬鹿丁寧で耳障りな声がキッチンからした。晩御飯ができあがったのだ。

カレーは美味しかったが、ほとんど口をつけなかった。ケーススタディによると、カルトには麻薬が付きものだ。フは料理が上手なだけに薬の味を隠すのも上手だろう。日本では強いものは手に入れにくいだろうけど、年寄りの中国人のフなら、思いがけない効果がある漢方薬を知っている可能性は充分にある。

晩御飯が終わってからまた机に向かった。目を閉じて、麻薬を飲まされているかどうかチェックするために体に集中したが、鼓動も順調みたいだし、脳もちゃんと機能しているようで、少しほっとした。

目を開けて、カルトのことを考えた。一応カルトの仕組みは把握したのだが、フのカルトにはストールが深く関わっているようだから、ストールを詳しく見る必要がある。しかし、フの首に巻かれていては難しい。

それで思い出したのが連絡ドアのことだった。

バッグレディはお父さんのことは警戒していないようだし、主寝室と書斎との連絡ドアを通じてお父さんに会っているなら、鍵がかかっていない可能性は大いにある。書斎から忍び込むことができるのではないか。フは朝型で早く寝るようだが、お父さんは夜型の生き物で、午前二、三時頃まで起きていることも多い。それでも、頑張ってお父さんが寝るまで待てば、書斎のドアから主寝室に入れるかもしれない。

その日のうちに計画を実行に移すことにした。近くのコンビニに行ってブラックコーヒーを三杯とカカオ八十％のチョコを二枚買い込んで、徹夜を覚悟でバッグレディとお父さんが眠るのを待った。

廊下からこっそり覗くと、お父さんは面白いウェブサイトを見つけたのか、スクロールしながら飽きずにそれを読んでいる。お父さんは重度の近視で、顔を画面にうんと近づけていて青白く光っていた。

バッグレディはとっくに寝ていて、主寝室からは軽いイビキが聞こえてくるのに、夜中の二時になっても三時になってもお父さんには寝る気配がなかった。一方、多量のコーヒーを飲んでチョコを食べた私は、トイレを四回往復し、体の筋肉がバイオリンの弦のようにピンと張り詰めていた。胸を弾かれれば、木端微塵《こっぱみじん》に爆発しそうなレベルのテンションだった。

お父さんは徹夜するつもりかと心配になってきた頃、ようやくカフェインの効果が薄らいでウトウトした。

どのぐらい寝たかわからないが、目が覚めたら、頬の下の枕にチョコレート色の涎が広がっていた。コーヒーとカカオ八十％チョコのなれの果てだ。耳をそば立ててみると、書斎の方から凄《すさ》まじい音が聞こえてきた。

お父さんのイビキだ！　いつものとおり、凄まじいもので、まるで滝のようなすごいボリュームで耳に流れ込んできた。

そっと起き上がって廊下に出た。バッグレディのかすかなイビキはちゃんと続いていた。書斎のドアをそおっと開けると、船の機関室なみの高イビキの振動とボリュームに圧倒された。

音を立てないように書斎を突っ切って連絡ドアの前に立ち、どきどきする胸に手を当てて深呼吸した。

案の定、ドアには鍵はかかっていなかった。ドアノブを指先でつまんで、ゆっくりと開け、主寝室に滑り込んだ。天に轟くようなお父さんのイビキを遮断するためにそっとドアを閉めると、バッグレディの穏やかなイビキに切り替わった。

フは部屋の中心にあるベッドで、フランネルのパジャマを着て眠っていた。おぞましいあび色の髪の毛が、蛸《たこ》の触手のように枕に伸び広がっていた。パジャマにはいろいろな形の汽車の模様が付いていた。フの趣味は相変わらず不可解だが、肝心なのはストールの位置。私は一目見てがっかりした。首にぐるぐる巻かれているストールの端が、ちょうどフの右肩の下敷きになっていたのだ。模様はほとんど見えない。

でも、薄暗がりを透かしてよく見ると、肩とシーツに挟まっているのはほんの十センチぐらいで、ゆっくりと根気よく引っ張れば、一メートルくらい引き出せそうだった。

ここまで来たらもう引き返すことなんかできないと自分に言い聞かせ、私はベッドの傍らにひざまずいて、十まで数えた。

よし。

手を伸ばしてストールの端をつかみ、ゆっくりと引っ張った。フは体はあまり大きくないのに、頭は石のように重い。なかなかストールを引っ張り出せなかったが、もう少し力を入れて引っ張ると、ストールは急に放たれて、その反動でバランスを崩しそうになった。

フはぐっすり眠る人とみえ、ストールを引っ張られても寝返りさえ打たなかった。口をすぼめてフの寝姿をじっと眺めた。これは尋常な眠り方ではない気がした。寝るという行為に全身の力を使っている感じで、空気を飲み込む時に骨ばった胸が激しく振動し、息を吐く時には胸が小刻みに揺れた。心臓でも弱いのかな。とにかくぐっすりと寝ていて、よほどのことがない限り起きそうになかった。

肩の下から解放されたストールが、一メートル以上ベッドの端からぶら下がっていた。

さあ、じっくり見せてもらおうではないか。しゃがみこんで、準備してきた懐中電灯をポケットから取り出し、明かりがベッドの上に漏れないように下向きにしてストールを照らした。

バッグレディの最新作であるジャングルの刺繡が照らされた。継ぎはぎの布の地面に木や蔓《つる》、楽しそうに遊ぶ子どもや動物たちの刺繡がくっきりと見えた。その細かさ、その器用さと美しさは認めざるを得なかった。イラストや手芸が上手なアムールでも目を瞠《みは》るだろう。しかし、ゾウは見えなかった。もっとよく見ようと、懐中電灯を脇の下に挟んで、両手でストールを広げた。その拍子にバランスを崩して前のめりになったら、目がおかしくなったのか、ストールの光景が滲んで揺れた……と思った瞬間、膝を床について安定した姿勢でいるはずなのに、ストールに向かって急降下する感覚がした。

バランスを取り戻すために体を後ろにそらしたが、またストールの光景が滲んだ。目を擦りたくなったが、ストールを持っているからできなかった。

頭がグルグルと回っている気がして、気持ち悪くなった。治まるかと思って待っていたら、部屋も回りだし、世界がぐらりと倒れてきそうになった。

目を閉じて必死にバランス感覚を取り戻そうとしたが、閉じた瞼の裏を鈍い色の光がグルグル回り続けた。

何も回っているはずはない。つま先と両膝は床で頼もしい三角を作っているはずなのだ。

三角をイメージして集中しているうちに安定感が戻った。恐る恐る目を開けたが、眼前にある光景は、回っていなくてもあまりにも不可解で、すぐにまた目を閉じた。

ストールが立体的な世界になっている。

幻覚？

深呼吸をしてから、ストールを持ったまま、書道をする時みたいに正座した。この姿勢がいちばん落ち着く。

また目を開けた。

ストールに見えているのは、不可解な立体的な世界だ。縫い目がなくなっていて……木々と動物は揺れていた。いや、動いていた。平たいはずの世界が、今は三次元の世界に見えた。

「あっ！」

と声を上げて尻もちをついて、ストールを落としてしまった。

慌てて拾うと、安心できる平たいものに戻っていた。

「うそ」

と呟いてみたが、何がうそなのかわからなくなっていた。さっき見た光景がうそで、今見ているストールが本当のはずなのに、どうも反対な気がしてならなかった。

どっちが本当なのか確かめなければ。

さっきやった動作を繰り返して、ストールが変わるかどうか試めそうと決めたが、ふと、バッグレディがガバッと起きて自分を睨んでいるような、骨に絡みつくほどの恐怖感に襲われて、慌てて振り返った。

バッグレディは末期の重病患者のように全身の力で呼吸にばかり集中しているみたいで起きそうにない。けれど、それだけでは安心できない。もしも部屋にサソリがいたら、たとえサソリが自分を気にせずに隅っこでゆっくりくつろいでいても恐ろしいように、こんなストールを持っているバッグレディは、眠っていても怖い。

バッグレディの眠り具合を確かめるために、半回転してバッグレディもストールも目に入る位置に移動した。そして、正座をして懐中電灯をしっかり脇の下に挟んでから、ゆっくりとストールを広げた。

何も起こらなかったので、身を屈めて顔をストールに近づけた。

それでも何も起こらなかったので、わざと身体をグラッと回した。

ストールが、揺れた！

バランスを崩してストールへと落ちていく感覚も戻った。

体をもっと揺らして、ストールも揺さぶった。

来た！

前よりも激しく、ジェットコースター並みにみぞおちが大慌てで落ちていく。ストールの色が滲んで模様がわからなくなる。

そして、ストールの世界が立体的に広がり、動き出した。木々の葉が風に揺れた。近くにいた猿が木に登ってバナナをもぎ取った。たくさんの小鳥たちが、色とりどりの翼を広げて飛び交った。

恐怖が、尾骨に芽生えて背中を上がり、首根から始まって髪の毛が逆立っていく。私はどうにかなってしまった。これがお父さんが見せられている幻覚ではないだろうか。

お父さんと同じ幻覚を見てしまっては、お父さんみたいにフの信者になってしまうのだろうか。

冷静な私でも、そうなる？　カルトの研究でわかったことだが、カルトにいれ込むのは、たとえばお父さんみたいに思い込みが激しい人や騙しやすい人、あるいは病気や倒産などで悩んでいて救いを求めている人だ。

私はそれと違う。それに、私には、ストールの幻覚を見る責任がある。ちゃんと見ておかないと、この詐欺を解決する情報は得られない。

よし。

さっきと同じ姿勢になって、懐中電灯を脇に挟み、ストールを手に取った。そして、眺めながら揺らした。

木々の葉が風に揺れた。木に登ってバナナをもぎ取ったサルはバナナの皮を投げ捨てた。皮は大きくて豊かな熱帯林風な葉っぱに当たりながら落ちていった。豆粒より小さい小鳥たちが驚いて、鮮やかな羽をばたつかせて飛び上がった。鳥はときおり口を開けて鳴いていたが、音は聞こえてこなかった。

遠くに見える滝は勢いよく流れ、日差しと風と葉っぱが複雑な模様をなし、木陰を行き来する小動物が見え隠れする。陽気で、鮮やかな、真昼の風景。

これが、お父さんが言っていた「叶わない世界」なのだろうか。美しくて、目が離せなかった。

恍惚《こうこつ》状態で眺めているうちに、突然小さい男の子に気づいた。

一人の男の子が、目を庇《かば》うように右腕を額にかざして、眩しそうにこちらを見上げていた。

8　優しいクラゲとゾウの行進

「あけみ、今日様子が変だよ。何かあったの？」

月曜日の部活で、アムールに聞かれた。首を傾げて心配そうに私を見ていた。

「え？　あ、何でもないよ」

アムールにこんなふうに見られるのは初めてだった。いつも自分の悩みで心がいっぱいで、私のことなど考える余裕がないアムールにさえわかるほど、昨夜の動揺が顔に出ているのか。

「もうすぐパフォーマンスだね。今日も頑張ろう！」

わざと明るい声で言った。

「へええ」

アムールは目を皿にして私を凝視した。「パフォーマンス、嫌いなのに、そんなに頑張りたいの？」

「とにかく、頑張らなくちゃ！」

近くにあったバケツを拾ってインク作りを始めたが、本当はうわの空で、自分が何をしようとしているのかすらわからなかった。昨夜見た、幻覚かどうかわからない世界と、こちらの懐中電灯の光を見たかのように手をかざした幼い男の子のことしか頭になかった。

ただの刺繍が、どうして動き出すのだ。幻覚を見たのはもちろん生まれて初めての経験だけど、もっと漠然としたものではないのだろうか。しかし、ストールの世界は、木の葉っぱまで影をさし、ジャングルの蔓はそよ風で揺れ、小川は日差しを受けて光った。動物や子どもはそれぞれ個性のある顔をし、丘は高くて色とりどりの花に覆われ、谷は深く、景色はいくら見ても新しい発見があった。

それに、幻覚の中の者が、見ている人の懐中電灯の光に気づき、驚いた顔で見返すなんてことが……ある？

ただの幻覚のはずの子どもに見上げられた時、その子の目の奥に知性を感じたのだ。

ストールの中に、どうして本当に生きているような子どもがいるのだろう。

あの子は何？

私を洗脳するためにフが用意した幻の子？　強烈すぎる夢で見た子？　フがお父さんと私に子どもや動物を見せるのが、金儲けや信仰とどうつながる？

アムールは何度も繰り返し私に話しかけていた。

「ね、あけみ、私、今日どんな書を書けばいいと思う？」

パフォーマンスの練習に入る前に、部員はそれぞれ短い書を書いていた。

「そうだね」

アムールは相変わらず尾上のことで落ち込んでいるから、元気づけるために、部活では毎回一つ書を勧めることにしていた。尾上から気を逸らさせるような、明るくてポジティブな書を教えていた。アムールのことをすごく気にかけていた……はずなのに、今日の取り乱した頭にアムールの書を考える余裕はまったくなかった。

「そう、だね」

と、何回か繰り返したあとで、

「雪とけて村一ぱいの子ども哉」

という、小学生の時に書かされた小林一茶の句が自ずから唇を出た。

呆然として、言うつもりもない句を発した唇に指先で触れた。一茶はどちらかというと苦手で、一茶の句なんて自分からは一度も書こうとは思わなかった。

これこそ、洗脳ではないか？

鼓動が、耳の奥と胸に聞こえてきた。

ところが、子ども好きなアムールは珍しく明るい表情を浮かべた。

「それ、いいね。なんだか楽しそう。だれの句？」

「一茶、だけど……」

「私、それがいい。花のイラスト付きのを書こうかな」

言い終わらないうちに、アムールは準備にかかったが、私は恐ろしかった。

隣では、うそのように明るいアムールが、一茶の句を見事に書いて、器用なタッチで優雅な花を和紙いっぱいに描いた。久しぶりに、アムールが才能を存分に表現した佳作で、一茶に見せてやりたいほどだった。本来ならアムールのために喜ぶべきだろうが、ただただ怖かった。

洗脳や催眠術って、感染《うつ》ることがあるのかしら。今晩アムールが帰宅してお母さんに触れると、お母さんも、指先に絵の具を付けてアヒルや子犬の絵を描きだすのではないかと想像した。

「あけみ、ありがとう！」

アムールが立ち上がって和紙を洗濯ばさみで紐にかけるのがわかったが、考えるので忙しくて返事をしなかった。

それからみんながパフォーマンスの練習をし出し、わいわい騒ぐ時間がなんとなく流れた。気づけば最後の一人が「あけみ、すぐ帰ってね」と言い残し、一列だけ残して蛍光灯を消してしまった。私の周りにはたくさんの半紙や新聞紙が散らかっていた。そのどの紙にも、私が無意識に書いていた言葉があった。

「讓小孩子到我這裡來」

眉をハの字にして見下ろしながら、これがだれの句なのか思い出そうとした。

まったく知らない句だ。

「私、いったいどうなってしまったの」

その夜もお父さんは夜更けまで起きていた。またカザミとチャットしているらしかった。機嫌がよさそうで、机にかじりついて洗脳についての研究本を読み耽っている私に、口笛を吹きながら折り紙付きのミルクティーやジュースを運んできては、「あけび、僕は叶わない世界に元気をもらって、やっと大事な、大事な宝物を取り戻す勇気が湧いた。カザミも同感だと言ってる」と言った。

「宝物の名前と、取り戻すためにフに払う金額は？」

と言ってみたが、お父さんは爆笑した。

「言う必要はないじゃないか、あけび」

と言って、私の肩を親しげに揺さぶった。「言う必要はまったくない」

私はそっぽを向いた。言ってもらわなくてもいい。今の自分には、突き止める方法があるのだから。

二時半過ぎまで頑張って起きていると、ベートーベンの交響曲がクライマックスから始まるかのように、お父さんのチューバ級のイビキがマンションに響き渡った。書斎を通って主寝室に入り、フが横になって深い眠りに落ちているのを懐中電灯で確かめたが、私は昨夜よりも神経質になっていて、見るだけでは安心できなかった。つま先立ちで近づいて、恐る恐る両人差し指でフの瞼にふれた。息を止めて、指だけ動かして瞼をゆっくりと、力を入れずに押し開けた。

眼球はあっち向いたりこっち向いたりして、上を向いては白目をみせ、と思うといきなり左下を向いて瞳がビー玉みたいに左へ転がっていく。レム睡眠に入っているようだ。

少し安心したが、フに限っては眠りさえもごまかせるかもしれないから、気持ち悪いのを我慢して今度は足裏や耳たぶをくすぐってみた。

よろしい。ひょっとすると、フは叶わない世界の幻覚を維持するためのエンジンになっていて、ちょっとした刺激では絶対に起きない状態になっているのかもしれない。

運よく、ストールは一メートルもベッドの横に垂れさがっていた。まず懐中電灯を脇に挟んだまま顔を近づけて、昨夜感じた落ちていくような感覚を再現しようとした。ストールの位置や私の視線を変えながら、顔を近づけたり、手を伸ばして遠くに持ってみたりした。ときどき揺らめきを見た気がしたものの、昨夜の世界をどうしても再現できなかった。

フは本当は起きていて、どうにかして私が叶わない世界を見るのを妨げているのではないか。叶わない世界が生きて動くのは夢だったのかもしれないとも思い始めた。それでも諦めず、次の夜も部屋に入った。フの頭の下からストールを引き出すのが上手になっていた。適当な長さに出して広げ、覗き込んだ。

ストールが、揺れた。

動きを止めて息を詰めていると、平たい刺繡の世界が変わりだした。丘が盛り上がり、谷がくぼみ、水がうねり、木の葉が触れ合った。叶わない世界に目が吸い込まれ、私は空中に漂う神みたいにその美しい世界を一望できた。なんと魅力に富んだ世界……うっとりして我を忘れそうになったが、冷静さをなくさないようにと自分に言い聞かせた。この世界の虜《とりこ》になってはいけない。客観的に観察して、トリックを明かすのだ。真っ先に探すべきなのは、この世界にペリカンかゾウがいるかどうかだ。

しかし、頭がそう考えようとしても、叶わない世界の鮮やかさで目は見開いて喜び、フワフワの桃色の雲の言いようのない柔らかさに触れてみたくて指先がウズウズし、耳はさまざまな音を立てているはずの動物や風や水の響きを想像するのに忙しい。

前回のように懐中電灯を脇に挟んでいたが、体が震え出して筋肉がフワッと緩んで落としてしまった。叶わない世界は暗くなるかと思ったが、懐中電灯はいらなかった。照らさなくても眩しいほど明るかった。

ストールは二日のうちに長くなっていた。ジャングルの右に海岸線ができていて、真っ白い浜辺で小さい子どもたちがカニやクラゲと仲良く遊んでいたが、ペリカンやゾウはどこにもいなかった。

クラゲは子どもの近くの水中や空中を漂い風船ごっこをさせてくれて、カニは子どもの体によじ登ってはお腹や耳をくすぐっている。なんの音も聞こえないけれど、子どもは口を開けてキャッキャと笑っているようだ。私もつられてクスっと笑ってしまった。

どんどんストールの世界に引き込まれて、世界を見ている自分は透明になり、重量感がなくなり、ストールを眺めるための空中に漂っている意識でしかなくなった。慌てて自分を取り戻そうとする自分と、何もかもストールに委ねてただ眺めていたい自分がいる。これこそ麻薬の効果かと恐れ、ジェットコースターが高みから急降下し始める瞬間のように「これに乗りたかったんじゃない！」と叫んでいる自分もいた。

でも、そのうちにどの自分も何も感じなくなり、叶わない世界にだけ囲まれていた。

なんと子どもが多い世界なのだろう。どの子どもも幼くて、かわいい。カニにちょっかいを出されて、クラゲに刺されないかとハラハラしたが、子どもが力ずくでカニを抱っこしても相手は足をバタバタさせるだけだ。この世界の特別なやさしさが伝わってきた。よく見ると、まだ立てなくて這いまわっている赤ちゃんもいる。赤ちゃんばかりなのだ。ごく小さい赤ちゃんが、ウミガメが作ったらしい巣の中で、ウミガメの斑模様の水かきに囲まれながら卵と仲良く丸まって寝ている。

浜辺から目を離して、風景を一つ一つ眺めていった。おととい の夜に出会った、少し年長らしい子はどこにもいなかった。

どうして幼い子どもと動物ばかりの世界なのだろう。

この景色を見ても何の手がかりも思い浮かばない。それに、お父さんが笑いヨガの時に見て感激したのはストールのこの部分ではない。お父さんが見ていた部分はもっと前に作られた部分のはずだ。ちょうどフの首の下になっているところに違いない。その部分を出すためには、一度フの頭を持ち上げて、そのまま何とかストールを解く必要があった。しかし、二人が声を出してキャッキャッと笑っていた部分がどうしても見たかった。

ゆっくりと手を下げた。ストールは瞬時に暗く、平たくなった。

消えた世界をそっと床に置き、ベッドに近づいた。フは相変わらず胸を苦しげに上下させてだらりと横になっていた。

歯を食いしばりながらフの頭を両手に挟んだ。頭を持ってみると、不思議と卵でも手にしているような気持ちになった。しかし、卵とは違ってフの頭は重かった。レム睡眠中の目がピクピクする瞼の下で絶えず動いているのも不気味だったが、それが無事に続くことを祈って、ゆっくりとフの頭を持ち上げ、左手で固定しながら右手でストールをたぐり出し、ゆっくりと解いてから頭を枕に戻した。フからは何の反応もなかった。

ストールがどんな模様になっているのか見下ろすと、タージマハールの周りを行進するゾウのパレードだった。

ここだ！　お父さんが見たのはこの部分だ。私はまた床に座り、ストールの世界を開いた。

ドッスン、ドッスン。聞こえなくてもゾウの重い足取りが伝わってきた。ゾウは鼻で先方のゾウの尻尾をつかんで、後方のゾウに尻尾をつかまれながら、ゾウ独特の呑気な歩き方で行進している。ゾウの背中には神輿《みこし》のように飾り立てられた立派な鞍がついていた。鞍には欄干があり、中は色とりどりのふわふわしたクッションでいっぱいになっていた。そのクッションの上でたくさんの幼な子が小さい口を開けてキャーキャー騒いだり這いまわったりしていた。

私は楽しい気分を抑えて、華やかなパレードをじっくりと観察した。笑いヨガの時には子どもの声が聞こえたが、少しの音も漏れてこなかった。まるで無声映画を見ているみたいだった。いったいどうして、笑いヨガの時に聞こえていた子どもの歓声が今は聞こえないのだろう。お父さんがもし催眠術にかかっていたとすれば幻聴を聞いてもおかしくないが、催眠術にかかっていなかった私の耳に届いたのはおかしい。

「あっ、いた!」

一昨日目が合った少しお兄さんらしい幼い男の子を発見した。彼は、生真面目にパレスを回っているゾウの上にいた。背中から頭へ、鼻と尻尾を伝って前方のゾウの背中へ、そしてその また前方のゾウの尻尾へと、綱渡り芸人のように確かな足取りで走っていった。

ゾウの鞍の上の赤ちゃんたちはその芸を見てワイワイ喜んでいた。

幼いのに、どうして綱渡りの曲芸師並みの技ができるのだろう。

「フフフ」

なんとかわいくて勇敢な男の子。なんと面白そうな遊び。ストールに入って一緒に遊びたいぐらい……。

そう。私もゾウに乗りたい。ゾウの鼻から鼻へと跳んでみたい。こんな素敵な楽しみが可能だと知ったうえで、子ども時代を一からやり直したい！

上半身が、ダイバーみたいに前のめりになり、本当にストールの世界に潜り込みそうになった。

「いけない、いけない」

首を振って、ストールの世界に吸い込まれそうな興奮を抑えた。

「こんなものを楽しんでいる暇があったら、トリックを探すのだ」

と静かにつぶやいた。トリックは必ず、あるはずだ。

もう一度丹念に観察していると、パレスの門の頂きに威厳のある中国の古い文字で刻まれた言葉に気づいた。字が細かすぎて読めなかったので、神経を研ぎ澄ませてじっと眺めた。

字が読めた瞬間、目が飛び出しそうになった。

「譲小孩子到我這裡來」

帰宅前に自分が訳もわからず何回も書いていたのと同じ文字だった。

9　小舟の名前

水曜日は部活も塾もある忙しい日で、雨だった。鉛色の雲が雨を教室の窓に叩きつけて、校庭では雨粒が強く弾けた。教室は蛍光灯が点いていていつもより明るいのに、この三日ほど睡眠不足で、うとうとするばかりだった。

それでも文化祭を控えているので、パフォーマンスの練習に参加して動き回らなければならなかった。

授業の間はできるだけ寝て、部活では疲れた体に鞭《むち》打って頑張ったが、下校した時には眠気に襲われた。ゲームセンターでもしばらく顔をテーブルに突っ伏したが、すぐアムールに起こされ、幾何学の宿題を手伝うことになった。私は眠かったし、アムールはまだ尾上のことで落ち込んでいて、全然うまくいかなかった。

アムールは飲み物を買いに行ったきり、生クリームが乗った緑のソーダをすすりながらゲーム機の間をさまよっていて、すぐには戻って来そうになかった。その間に昨日の言葉を検索してみると、イエス・キリストの言葉だとわかって、スマホを持った手が空中で動かなくなった。

「讓小孩子到我這裡來」は、日本語では「幼な子らをわたしの所に来るままにしておきなさい。止めてはならない。神の国はこのような者の国である」という意味だった。

イエス・キリスト。

救世主だと名乗り、当時の新興宗教のリーダーとして何万人もの信者を得た、イエス・キリスト。

今も新興宗教を設立しようとする人がよく彼の再来だと主張する、イエス・キリスト。

私はストールを見てから、知らず知らずのうちに、覚えているはずのないイエス・キリストの言葉を書にしていたのか……。

その時はっきり浮かんできたのは、先日のお父さんの顔だった。ペリカンが大事なシンボルだと言ったり、ゾウの刺繡が面白いと言ったりした時の虚ろな顔……。

チクチクとした痛みが、鎖骨から始まって胴のあたりに広まった。血がすうっと心臓に逆流して、四肢が痺れだした。人間が絶体絶命の危機に瀕した時に体が醸し出す、アドレナリン反応だ。

もう一つのことに気づいて、息を呑んだ。

ストールのことだ。ストールと言えば、ふつうは長いスカーフを示すが、和尚や牧師が首から垂らすのも、確かに英語ではストールと言うのだ！

ということは、あの刺繡の絵も、カルトの「聖話」を信者に教え込むためのものなのかもしれない。

「聖話」の内容は見当がつく。たぶん、イエス的な存在であるフはたくさんの子どもを「救った」素晴らしい世界の創造者であり、その世界の美しさとかわいさで被害者を惹きつけるのだ。フはまだ献金しろとか、私のために死ね、などということは言っていないが、それは感化しにくい私を警戒しているからかもしれない。それでも、私はかなり深く感化されていると認めざるをえない。叶わない世界を見てしまい、ストールの中の、まだ見ていない言葉を筆で書いてしまう段階までは来ているからだ。冷静な部分が残っていると思っているのも、ひょっとしたらただの錯覚かもしれない。そう思って震え上がった。

新興宗教は詐欺と同じく、金儲けを目的としている。バッグレディが信者に買わせているのはバッグに入っているガラクタか、得体の知れない「忘れ物」なのだろう。それに運命を変える力があるとか、幸せになる力があるなどと信じ込ませ、信者にたくさん買わせるのだ。

怖いほど話がピンときた。

敵ながら、ガラクタやストールを「聖物」にしたのも賢い。初期投資はほぼゼロではないか。もうストールを覗くのは絶対にやめなければいけない。「叶わない世界」の内容がだいたいわかったし、魅惑的な風景を眺めていては感化が進んでしまう……

それから塾に行って、勉強の間は集中できたが、一歩塾の外に出ると、新興宗教問題で頭がいっぱいになった。

ダイエットはもうどうでもいい。とにかくたくさん食べたいと思ってコンビニに入り、イクラとマグロが入っていて和紙みたいな包み紙のおにぎりを二個買った。そして、近くの小さい公園のベンチに座って食べたが、段ボール紙の味がするような気がしてがっかりした。

まだ帰りたくなかったから、普段は行かないサイトで、アムールが夏に騒いでいたゲームをダウンロードしてプレイしてみたが、一分やっただけで、アムールが騒ぐゲームは必ず面白くないことを思い出して後悔した。それでもそのゲーム以外のものを見るのが億劫で、三十分もプレイし続けた。

おかげで帰宅は遅くなったが、お父さんとフはまだ起きていた。

お父さんは書斎から出てきて、

「あけび、大丈夫なのか？　顔色が悪いぞ」

と心配顔で近づいてきた。

「なんでもないよ。お父さんこそ、遅くまでパソコンをいじって何しているの？」

お父さんははにかんだように頬をこすった。

「いいことだよ、あけび。いいこと。うちはそのうちにうんと幸せになるんだ」

「そう？」

予測どおりの新興宗教信者的な言葉を聞いてカッときた。「たとえば、お父さんが『クリックファームの女の猫の一日』を書いた時みたいに？」

言ってしまってからお父さんの傷ついた顔を見て、すぐ後悔した。実をいうと、『クリックファームの女の猫の一日』はかなり出来のいいエッセイだった。クリックファームというのは、貧しい人を雇って通販サイトのためにいいレビューを多量に書かせる工場のことだ。お父さんが書いたのは、そんな工場で雇われている一人の女性の一日を追っていって、彼女の生活が、飼っている病気の猫の暮らしよりも惨めだと結論づけるエッセイだ。そこまではよかったけれど、お父さんは関連記事を書くために実際にインドのクリックファームに行って幹部の人（つまり、詐欺師）にインタビューしたのがいけなかった。インタビューしている間に、クリックファームというのは、詐欺ではなく、インドの貧しい人に教育のチャンスを与えるための良心的な企画だと説き伏せられ、原稿料の何倍もの寄付までさせられてしまったのだ。

お父さんはやはり馬鹿だったが、思い出させてお父さんを傷つける私もひどい。今の私はどうかしている。

「あけび、疲れただろう？　頑張りすぎはよくないよ。塾に通うのはあけび次第だけど、体力まですり減らして京大に入っても仕方がないんだから……」

「いいから！」

謝るべきなのに、嚙みついた。「徹夜までして理解しようとしているのは、お父さんの妄想なんだよ」

そう言って、キッチンに入った。

フはいつものようにおやつを用意して待っていた。ちょうど甘いものが食べたかった私の前に、ダブルチョコレートクッキーとイングリッシュ・ブレックファーストティーを置いた。

「待って。ダブルチョコレートにブラックティー？　ストール覗きをしようとしている私に、カフェインたっぷりのおやつ？　後ろを向いてシンクを磨いているフに疑いの目をやった。

「ねえ。夜なのにどうしてブレックファーストティーなの？」

フはすぐに振り返り、深いお辞儀をした。

「申し訳ございません。あけみ様が最近夜遅くまでお勉強を頑張っていらっしゃることに気づき、カフェインが役に立つと思ったのですが、私めは余計なことをしたのですね。温かい牛乳と杏仁豆腐にいたしましょうか」

「もういい。お腹空いてないし寝るよ」

クッキーは食べたかったが、我慢して席を立った。


夜更けまでベッドの中で『カルト信者の家族に役立つ脱洗脳の方法』を読んで、考えた。私は幻覚を見てしまったし、知っているはずのない詩も書いている。つまり、私にも洗脳の症状が出てきており、客観的でいられなくなっている。

でも、私にも客観的な道具はある。スマホのカメラ機能だ。たとえ私の頭が洗脳されたとしても、カメラは客観的でいられるはずだ。ストールを持っていては写真は撮れないが、三脚を使えばスマホで写真が撮れる。幻覚だと思ったものがカメラに写れば、幻覚ではなくなるだろう。

その夜は睡眠不足を押し切り、廊下のクローゼットの奥にあった三脚を抱えてフの部屋に入った。フはベッドに横たわって、古代彫刻みたいに静かに寝ていた。念のためにスマホをフの耳に押し当てて今流行りのJ-POPの曲を流してみたが、反応がなかった。お父さんが起きてきても困るので、慌てて切った。

そこまでしても、やはり昏睡状態なのだ。

スマホのライトでストールの位置を確認した。フの首に絡んでいてあまりよくない状態だったけれど、かまわずフの頭を起こして解いた。手の動きが雑になっているのに気づいた。

「あけみ、気をつけてよ。そろそろボロが出てきているんじゃない?」

と頭の中で小さい声が聞こえた。

スマホを三脚に固定して、ストールを持ちあげて叶わない世界を出したが、精神的にできるだけ距離を保つように努めた。

フは今日も懸命に刺繍をしていたとみえ、昨夜は海辺しかなかったところに海も少し広がり始めていた。子どもと動物の常連客は海の上でも海底でも面白そうな遊びをしていた。

赤ちゃんや幼子の顔、いくつも用意してある面白そうで、ときどきフの奇天烈さを思わせる変わった遊びを見つめているうちに、カメラの存在を忘れてしまった。タイマーが作動して、背中の方からフラッシュが光った時には、驚いてストールを落としそうになった。

その時、ある子どもの動きが目の端に入って、息を呑んだ。

またあの男の子がいたのだ。おまけに、ストールを初めて見た夜にしたように、目を上に向けて何かを探すように見回していた。

フラッシュに気づいたのだ！

私のことも見えるかしら。気づいてほしいと、激しい感情が胸を騒がせた。私にも気づいてほしい。しかし、ストールを持ったままでは手を振って見せることはできない。

「おーい」

小声で呼びかけてみたが、声がその子に届いた気配はなく、自分の声なのに耳障りに感じられた。

コミュニケーションこそできなかったが、その子はしばらく顔をあげたまま空を見回していたから、表情はよく見えた。

この子だけは他の子と違っていると思った。

なんとなく懐かしい顔に思われるのはどうしてだろう。

黒目がちの大きな目はストールの光でキラキラしていた。額に垂れた形のよい艶々したカールは美しく、男の子らしい。眉は、書に秀でた先生が書いた「麗」の上の二つの線ほどに生き生きとしていた。鼻と口は、バラの花びらみたいに柔らかさとふくよかさがある。彼には日の出の頃のそよ風のように新鮮で純粋な雰囲気があり、別に名前を付けるつもりはなかったが、頭の中でアサヒと呼んだ。

「アサヒ」は空を見上げるのをやめて、音でも聞きつけたように右下を見た。浜辺でハイハイしていた赤ちゃんが、遊びをやめてワッと泣き出したらしかった。そうだとわかったのは、赤ちゃんの口が大きく開いて、涙がポロポロ流れ出しては虹色の水玉になって海面へ漂っていったからだった。

アサヒは小舟の上に立っていたのだが、すぐに海に飛び込み、浜辺へ急いで赤ちゃんを抱きあげた。アサヒ自身が三歳児くらいなので、抱いただけで腕がいっぱいで、赤ちゃんの小さい足はアサヒの膝の下までぶらさがっていた。それでもアサヒは頑張って、あやすために上下に揺すっていた。赤ちゃんを砂に下ろしてから、手ごろな貝殻を二つ赤ちゃんの顔の前で叩き合わせた。赤ちゃんは急に泣きやんで、笑っているように口を動かしだした。

私の唇に、冷静な相川あけみのものとは思えない、頬まで広がって顔を輝かせるうっとりしたほほ笑みが浮かんだ。一歳児の私が、手足をばたつかせながらしたかもしれない、遠くの日々に忘れてきた笑顔を、いきなり取り戻せた気がした。

私はどうしてこんなに嬉しいんだろう。私をこんなふうにさせてしまうこの子はいったい何なんだろう。詐欺を働いたり新興宗教を広めたりするために、こんな幻覚を見せる必要はまったくない。そんなことをして、フに何の利益があるのだろうか。

「この子はリアルな子だ」

と囁いてみた。そうだ。アサヒは幻覚ではない。アサヒは、存在する。しかし、アサヒがなぜストールの中に「存在する」のか、さっぱりわからない。

アサヒが動き回るのを見ているうちに、舟のヘリに言葉が彫ってあることに気づいて、音読した。

「入ってくるものは……比類なき……出ていくものは……絶えることなき……」

えっ？　この不可解な詩篇が舟の名前なの？

どこから引用した詩なのだろう。漢文とは雰囲気が違うし、すぐ思いつくのは方丈記のあの有名な「ゆく川の流れは絶えずして、しかも、もとの水にあらず」なのだが、どうもそれとは味が違う。特に「比類なき」はユニークで素晴らしいという意味で、物事の虚しさと儚さを強調した鴨長明とは反対のようだ。

不可解な舟の近くで、不可解な存在であるアサヒは、這ってきた赤ちゃんたちのために砂の城を作り始めていた。

その子どもたちの謎を解けるのはフしかいなかったが、子どもたちの存在についていちばん質問できないのも、フなのだ。

10 「……だれ？」

せっかく撮った写真には布と刺繍のストールしか写っていなかった。つまり、客観的なカメラは、私が見た世界を幻覚だと判断してしまった。

しかし、同じカメラがフラッシュでアサヒを照らし、アサヒがそれに反応したのも事実だ。それは、アサヒとアサヒの世界が存在する証拠になりはしないだろうか。

ストールを覗いているうちに目的がぼやけてしまった気がした。最初はお父さんを脱洗脳させるための手がかりがほしくて覗いたはずなのに、ストールの中の「叶わない世界」を見てからは、何のトリックなのか、フがどうやって叶わない世界をお父さんに見せているのかを突き止めることより、その世界がリアルな世界だという証拠を望むようになった。カメラははっきり「存在しない」と判断したのに、ほとんど百パーセントそこに「ある」と信じている自分に気づく。「ある」のだが、「どうしてあるのか」という答えにはいくら考えても近づくことができなかった。お父さんの「忘れ物」とのつながりもさっぱりわからなかった。

「あけみ、今日は何の書を書けばいい？」

アムールは青白い顔に疲れた目で私を見ながら、訴えるように聞いた。

「入ってくるものは比類なき、出ていくものは絶えることなき」と、夜中見た詩が、まるでゲップのように喉にこみあげてきそうなのを嚙み殺した。意味のわからない詩を、人に教えてはだめだ。必死に考えて、アムールの趣味を考慮に入れてネットで探して準備してあるのが一句あることを思い出した。アメリカの詩人ロングフェローの句だ。

「子どもたちよ、おいで！　日差しいっぱいの世界で鳥と風が歌っていることを、僕の耳元で囁いて！」

「……うん」

しばらく頭の中で反芻してから、アムールは頷いた。「ちょっと長いけど、優しそうな詩ね。鳥や風のイラストもできる。よし、書こう」

「よかった」

ほっとして、自分も書く準備をした。私自身は、子どもと関係ない詩を書いた。叶わない世界と距離を置きたかった。『孫子の兵法』から、士気を奮い立たせるような句を選んだ。

「孫子曰《いわ》く、兵は国の大事なり。死生の地、存亡の道、察せざる可《べ》からざるなり」

姿勢を正して筆を構えながら復唱した。

孫子の言葉が胸に響いた。「戦争はとても重大な問題だ。生きるか死ぬか決定づけることであり、全身全霊で取り組むべきだ」。私は、ストールの本当の意味を理解しないうちは、フの小舟に乗せられて沖に流されるつもりはないと自分に言い聞かせた。

それでも毎晩ストールを覗いて、ストールの展開を記録するためにフラッシュで写真も撮り続けた。フラッシュでバッグレディが起きる心配は、もうしなかった。

ストールは伸び続け、海は広くなり、小島が加えられた。小島にはカンボジア風の高床式の家やツリーハウスがたくさんあり、赤ちゃんがハイハイして上っていけるように一つ一つ傾斜の板がついている。

アサヒはいつもすぐ探し当てることができた。ほかの子より足取りが確かで、小さい子の手を取っておもしろいところに行かせてやるようにしていた。相手の子どもがいきなり泣き出してもそばに座り込んで機嫌を取るし、自分は泣くことも怒ることもない。

他の子どもは這いまわっているだけだが、アサヒは三歳くらいにしては器用で、手元の花や葉っぱで簡単なおもちゃやネックレスを作り、幼い子の機嫌もとった。アサヒにあやしてもらうと、子どもたちはあっという間に笑顔になった。

自分にアサヒのような兄がいたらどんなにいいか、いや、だれかいたような……、とふと思った。

「アサヒ」

思わず呼びかけてしまったが、もちろん声は届かなかった。届いたとしても、その子は「アサヒ」じゃないだろうし、上手な刺繍にすぎないと自分に言い聞かせた。

いきなり、眩しい閃光が叶わない世界を照らした。カメラのタイマーをセットしたのは自分なのに、びっくりした。

フラッシュに反応したのは、私のほかにもいた。

アサヒが以前のように驚き、とっさに上を向いた。

そして、前回以上の反応を示した。目も口も大きく開けて、じっとこちらを見ている。

「……だれ？」

音のない口の動きを、私は読み取ることができた。

見られたのだ。

11　フラッシュ

私はひどく疲れている一方で、カフェインとカカオでハイになっていたので、どんなに多忙なスケジュールでもこなせる気分だった。いつパンクしてもおかしくなかったが、文化祭まであと数日しかなく、部活はてんてこ舞いだった。

「今日はだめ。ごめんね」

部活のあと、アムールにコーヒーを飲みにいかないかと誘われた。きっと尾上についての相談だろう。手助けしなくちゃ、絶対に行くべきだと思いながらも断った。アサヒに見られたのだ。そのことで頭がいっぱいだった。

「うん、わかった」

アムールの笑顔が仮面に過ぎず、言葉が強がりでしかないことはわかっていたのに、手を振って別れてしまった。

帰り道、アムールに叶わない世界とアサヒを見せることができたらどんなにいいかと思った。こう思ったのは初めてではなかった。子どもが好きで、子どもの詩を書にするだけであれほど元気になるアムールだから、叶わない世界を見ればどんなに喜ぶか。それに、ストールのことを話し合う相手ができるし、作戦会議もできる……しかし、ハードルが高すぎる。アムールにはフのことさえ話してないし、きれいでおしゃれなアムールに不格好で趣味が変な老婆を紹介したりすれば、悲鳴を上げて逃げて行きそうだ。手芸が好きだからストールには興味を持ちそうだが、叶わない世界を見せるためには主寝室に一緒に忍び込まなくてはならない。そうしたら、同居していることがバレてしまう。

マンションに帰ると、フは掃除機をかけるのを終えたところだった。信じられないけれど、掃除機をかける時でさえ全部のバッグを背負っているのだ。かけている間も、バッグから埃が粉雪のようにカーペットに舞う。

「これじゃ埃の種類が変わるだけよ」と諭しても、バッグを背負うのが使命だとか、でたらめを言われるだけだった。だから、最近はフが買い物に出かけた時に自分でかけなおすことにしていた。それにしても、マンションがだんだん埃っぽくなっているように感じるのは気のせいだろうか。

その夜は時間が氷河のようにゆっくりと流れた。フがご飯の支度をしている時間も、食べている時間も、なによりもお父さんが寝るまでの時間が、絶望的に長かった。最近はどうしても寝てほしくて、自分がエナジードリンクを飲んでいる間に、お父さんには温かいミルクにアーモンドやクルミなど睡眠を誘うとネットに書いてあるものをお盆に乗せて持っていくようにしていた。やはり効果があって、四十分ぐらいは早く寝させることに成功していた。それでも日付が変わって一時間は経たないと絶対に寝ないから、毎日睡魔との闘いだった。

主寝室に入ったのは午前二時二十分だった。三脚を立ててセットしたが、手は興奮で震えていた。今夜は私がアサヒに顔を見せる番だ。

スマホをストールの、自分とは反対側に置いた。昨夜アサヒが私を見たのは確かだが、逆光で暗くなっていた輪郭だけのはずだ。今日は、自分の顔を映す。

「私」の顔だ。

アサヒは「私」を見て、どんな顔をするだろう。胸の中央に期待の爆弾が、すぐにでも破裂しそうに揺れている。私を見た瞬間にアサヒが作る顔がきっかけで爆発するだろう、喜びと緊張ではじけそうな爆弾だ。

私はゆっくりと、儀式でも行うように正座してストールを持ちあげ、じっと眺めた。スマホのタイマーが気になる。自分の顔を見せられる瞬間は、そう遠くない。

ストールを、そっと揺らした。

平たい刺繍の世界は少しずつ深みを帯び、風が立ち、池や海がうねりだし、幼い子どもや動物の手足がいろいろな動きをはじめ、私には聞こえないたくさんの声が、たくさんの気持ちを伝えはじめた。

今日は小島が過ぎ去り、ストールの右端に海岸線が現れている。驚いたことに、南極みたいに雪に覆われたペンギンのいる光景だ。呑気でかわいいペンギンに囲まれる子どもたちは遊び放題だった。

　アサヒを探す必要はなかった。

　子どもやペンギンとは遊ばずに、海岸に立って空を見上げている。

　待ってくれている！

　空を見据えた栗色の目は、南極には合わない優しい日差しに光っている。クリクリした髪は潮風に弄《もてあそ》ばれて、琥珀《こはく》のような複雑な色になっている。

　真剣なその視線を受けて、なぜか頬が熱くなり、心臓が激しく鳴りだした。

　これほどまでに期待のこもった純粋な目に出会うとは思わなかった。

　アサヒは難しすぎる謎だ。私の人生をひっくり返しそうな、深刻な哲学的問題なのだ。ストールを投げ出して逃げ出したい衝動にかられ、手が揺れそうになったが、アサヒに会える興奮と喜びの方が強かった。

　じっとしてストールを持ち、フラッシュが光るのを待った。

　こんどは、この私が見られる対象になるのだ。

　アサヒの視線の先に私の顔がくっきりと現れる。

　こんな顔でいいのか。その栗色の目は私を見て、がっかりするのではないか。

　こんな自分では恥ずかしい。もっと素敵なお姉さんに写らなければならない。最近荒れている肌。食べすぎでぽっちゃりとなった頬。制服姿のかわいいアニメのキャラクターから遠く外れた平凡な私。

やっぱりやめよう！　透明人間として、この無傷な世界をそっと眺めよう。

ストールを下ろそうと手を下げかけた時に、フラッシュが光った。

私も、アサヒも、何もかもが、一瞬眩しくなった。

眩しさの中で、アサヒが目と口を大きく開けて、音のない歓声を上げるのを見た。

自分が、それに応えて目と口を大きく開いて、満面の笑みをアサヒに向けているのもわかった。

アサヒは飛び上がりながら手を振っていたが、すぐ眉をひそめ、混乱した顔で空を探しまわった。

フラッシュの力を借りなければ、私の顔は見えない。

フラッシュが、もっと頻繁に光って、私の顔を何回も見せるように設定しなくては。

私は躊躇した。設定を変えるためにはストールを床に置く必要があるけれど、空を見上げて私の再現を期待しているアサヒを、ただの刺繍に戻したくなかった。

しかし、フラッシュがなくてはアサヒの期待に応えることもできない。

だからストールを下げてそっと床に置いたけれど、生きた世界が平たくなり、輝きが消えるのを見て、悲しみでいっぱいになった。

「すぐ戻るから、ちょっとだけ待っていて」

素早く三脚の後ろに回り、五秒ごとに写真を撮る設定にした。

画面を押すのが大変なほど手が震えていた。

「ごめん、今戻すよ」

床に座って、ストールを持って何度も深呼吸したが、手が震えているせいなのか、叶わない世界が動き出すことはなかった。

そのうちにフラッシュが光り始めたので、なおさら落ち着かなくなった。アサヒが待ちわびているのに、いくらストールを眺めていても、叶わない世界は現れてくれなかった。

仕方なく、ストールをフの首の下に戻し、三脚を持って部屋を出た。

寝室に戻ってからベッドに座り、スマホの映像を見た。

どれもまったく同じだった。間抜け顔の私が、輪郭になっているストールを何かの神にささげるように持ち上げている。その姿がとても滑稽に思われて、スマホをベッドに投げつけ、少しの間声を出さずに泣いた。こんなに頑張っているのに、何も思いどおりにならない。他に何ができるというのだ。

私はまたスマホの写真フォルダーを開いて、荒れた肌の、太っていて、間の抜けた自分の顔の映像を全部順番に見て、喘いだ。そして、傷口に塩をグリグリ擦りこむかのようにスマホを胸にきつく押し付けて、泣いて泣いて、寝た。

朝起きると、辛さは残っていたが、少し冷静さを取り戻せた。うっかり写真を撮られた人は、だれでも変な顔になるものだ。昨夜の写真を全部消してからトイレに行って、自分の顔がそれほどひどいものじゃないことを確かめた。

普通の顔だ。よかった。

登校の準備をした。よく考えると、昨夜は大成功だと言えると思った。アサヒと連続的にコミュニケーションがとれなくても、自分がアニメキャラほどきれいでなくても、自分の顔をアサヒに見せられたのだ。それに、昨夜はできなくても、数秒ごとに顔を見せられることもわかった。

スマホを引き寄せて時間を見た。

今は六時。さっき削除した写真の時刻印は午前三時ごろだったっけ。フは早起きだし、本当にギリギリまで主寝室にいたな。もっと気をつけなくちゃ。今度はお父さんに牛乳を持っていく時、冷蔵庫の上の戸棚にあるブランディも入れよう。

私とお父さんとフの、取り立てて何かあるわけでもない生活は続いた。フは、笑いヨガの日にしたような失敗は二度と繰り返さなかったし、お父さんの様子にも大した変化はない。私がいない時に二人でストールを見て盛り上がっているかもしれないけれど、新しい展開がない限り、放っておくことにした。

私の心の大部分はアサヒという男の子に占められていて、お父さんもフもカザミも、アムールも、意識の縁に退けられているのだ。

私は毎晩アサヒに会っていた。

遅くまで起きて、フの部屋に忍び込み、三脚を組み立て十秒ごとにフラッシュが光るように設定した。写真はどうでもよかった。必要なのは、私をアサヒに見せることだった。

アサヒはじっと立って、私の顔が現れるのを待ってくれていた。背景が森だったり大渓谷だったり火星だったりしたが、期待を込めて大空を眺めている栗色の目だけは変わらなかった。

私たちのコミュニケーションは少しずつ進歩していた。最初のうちはフラッシュが光った瞬間にお互いを見つめ合うだけだったのが、しだいに顔の表情を真似し合うようになった。アサヒは三歳児らしいいたずらっぽさを見せて、寄り目をしたり鼻孔を広げたり、舌で鼻頭に触れたりしてみせ、私がそれを真似しようとして失敗するとケラケラ笑って、小さいお腹を抱えて転げまわった。音がしなくても、アサヒの声が想像できる気がした。

アサヒと会っていない間も、アサヒのことばかり考えた。

アサヒはカルトのリーダーがつないだストールの中の存在だが、私とお父さんを虜にするために「刺繍で作られた」男の子だとはとても思えなかった。

アサヒは、ただのトリックではない。不合理な考え方だとはわかっていたが、アサヒは自分の仲間であって、バッグレディとは何の関係もないと頑固に考える自分がいた。

私とアサヒが出会えるのは、フが見事に眠り続けていてくれるおかげだ。フは、頭を持ち上げられてもフラッシュが光っても、私が笑いを噛み殺しても、眠りから覚めなかった。

しかし、ある日、朝起きてキッチンに行くと、ストールの端を顔に近づけて、指で繰りながらじっと眺めているフを見かけた。首をかしげながら、難しい謎を解こうとしている感じだった。

何でもないことかもしれないけれど、ストールを知り尽くしているフが何をそんなに気にしているのだろうと訝しく思った。

深夜の覗き込みがバレたのかもしれないと思って、一瞬凍りついたが、フは私を見ると、大したことない風にストールを巻き直し、満面の笑みで朝ご飯の支度にかかった。

12　告白

ようやく文化祭でのパフォーマンスが無事に終わり、部室で後片づけをしていると、アムールに呼びかけられた。

「ちょっと来て」

アムールは私の手を引っ張って、屋上につながる階段に向かった。

私たちは屋上に上って、しばらくぼんやりと、重たそうな雲を眺めて、カウンターで買ってきたサンドイッチを食べた。

アムールがぽつんと言った。

「私、妊娠している……と思う」

「え？」

突然の告白に言葉を失った。

「妊娠しているの！　ちゃんと聞いてるの？」

アムールは屋上の小石を上履きで蹴り、キョロキョロまわりを見て、だれもいないのを確かめてからはっきりと言った。「……尾上さんの子なの」

「まさか」

「本当なのよ！」

アムールは甲高く挑戦的な声で、思いやりのない灰色の空と私に告げた。

「嘘、じゃないよね」

アムールは私を睨んだ。

「嘘なんかじゃないよ！　本当なの！　ね、あけみ、どうしよう！」

啞然として、突っ立ったままアムールを見ることしかできなかった。

「どうして妊娠しているってわかったの？」

アムールはその質問を期待していたみたいに、頷いた。

「薬局でアレを買って、使ったの。それで、縦の線が現れた。うん、間違いないよ。ね、どうすればいい？」

「どうすればいいって言われても……」

鉛筆ケースを選ぶ類いの悩みではない。

「お母さんには？」

アムールは首を激しく振った。

「もちろん内緒！」

「尾上さんには？」

「……」

「尾上さんには言ったよね。で、ひどいことを言われたのね」

アムールはしばらくじっとしていたからかすかに頷いた。

「まさか、堕ろせ、とか…？」

「……」

尾上め！　年上で責任を持つべき尾上が、夏の間アムールと遊んで、子どもがデキたとわかった途端に堕ろせなんて言ったのか！

「……で、アムールは……」

「……」

私は唇をなめて、しばらく目を泳がせた。これからあることを聞かなければならないけれど、なかなか言葉にできない。

アムールは身体を固くしてうつむいていた。私の方は、常備の決断力が萎《な》えたまま黙って立っていた。

風が立って、雲はおもむろに動きはじめたが、私たちはこの最悪の時間に閉じ込められたままだった。

「ね……」

とアムールは、吐息に少しだけ音が付いたか細い声でささやいた。「あけみ、助けて」

そして、顔が青白くなって、屋上のコンクリートに崩れた。

アムールはすぐ意識を取り戻したが、彼女が立ち上がるのを支えた時、骨ばった腕と肩に触れて驚いた。楽しそうな詩を書くことで元気になっていたと思っていたアムールは、すっかり痩せてげっそりしていた。いつの間にそうなった？

保健室に行くよう強く勧めたが、アムールは激しく首を振った。妊娠のことがばれるのを恐れているらしい。

アムールを支えながらゆっくりと部室に戻った時には、もうだれもいなくなっていた。アムールが「疲れた。家に帰りたい」と言ったので、タクシーを呼んで前払いをしてから乗せた。「一日だけ考えさせて」とささやいて、手を振って別れたけれど、どうしたらよいかすぐにはわからなかった。


帰宅中、アムールの無防備さを嘆いた。いったいなんでそんな馬鹿なことをしたのだろう。尾上にぞっこんだとしても、赤ちゃんができるかもしれないと考えなかったのだろうか。でも、すぐに考え直した。鉛筆ケースさえ選べないアムールのことだ。尾上に迫られていざという時に、抵抗できるほどの決断力があったとは思えない。

赤ちゃんは、生まれてしまえば百年も生きるかもしれないのに、そうやってちょっとしたきっかけでできるものなのかと不思議に思った。

マンションまでの坂を上りながら必死に解決策を考えた。アムールのお母さんに打ち明ける？　それは無理だろう。アムールのお母さんは、娘にラブユと名付けるほど軽率で、頼りにならない。

保健室の先生？　現実的な彼女はきっとアムールに産婦人科へアレをしに行くよう勧めるだろう。私はそれが許せない。アムールが大事に思っている赤ちゃんの存在が消され、アムールが悲しみ、尾上が悠々と大学生活を楽しみ続けると想像すると吐き気がした。

同級生に相談する？　もちろんアムールの他にも仲のいい友達がいる。ちょっとした問題なら相談できるけれど、アムールのプライベートのことを学校で言いふらすことはできない。私より知識のある子もいなさそうだ。

お父さんに相談しようかとも考えたが、すぐやめにした。カルトの信者になっている今は冷静な助言をもらえそうにないし、お父さんはカザミに話してしまう確率が高い。自分の子どもを捨てた女にどんなアドバイスが期待できる？

では、どうすればいい？　尾上に会って産ませるように説得する？　顔さえ見たくないし、アムールをおもちゃとしか思っていないような相手が意見を変えることはないだろう。逆に、責任とってアムールと結婚するなどと言ったとしても、すでにアムールに平手打ちをしたこともあるし、家庭内暴力を振るう最悪の夫になるだろう。

アムールに一人で産むように勧める？　まだ高校二年生で、おまけに年齢よりも幼い。それでも、子どものことは本当に好きだし、子どもを大事にするだろう。でも、今は子どもを産む体力がない。すぐにでも入院することになるかもしれないし、入院して妊娠がわかれば、いろいろな人の意見が関わってきて、子どもを産まないように説得されるだろう。

帰宅すると、フはまだ帰っていなかったが、ベッド《B》・アンド《&》・ブックルーム《B》からキーボードを打つ音がした。

キッチンテーブルにはカザミからの定期便が置いてあった。

「ふん」と、首が後ろへのけぞるほど強く鼻を鳴らした。アムールがどれほど幼いといっても、カザミほどのダメ母とは比べようがない。カザミは最低の「母」だ。勝手に私を産み、勝手に私を捨て、お父さんには「あけびのこと、よろしくね！♡」とハートマークをまき散らしながら、筋斗雲に乗って台湾のスタジオへ飛び去ったのだから。

詐欺のチェックのために読まなくちゃならないと思いながらも、封を切らずに押入れに投げた。今日は「母」からの手紙は開けられない。

とりあえず今は書を書いてみよう。頭がすっきりするはずだ。

スマホで「母」の書の題材を検索したが、出てきたのは「母の日」とか、「お母さんへの手紙」など小学一年生の課題になりそうなものばかり。カザミへは一度も手紙を書いたことがないし、一生書くつもりはない。

カザミと違って、アムールなら、いい「母」になれるだろう。アムールなら、幼いアサヒがストールの中で赤ちゃんをあやしていたように、自分の赤ちゃんをいっぱい抱いて、大事にするだろう。

「母性」、と書いてみた。カザミと私にはたぶん欠けているもので、アムールには備わっている。母でも女でもないアサヒにもあるかもしれない。

でも、アムールが「母」になるためには、まず自分の体と心を大事にしなくては。そばでそれを手助けする人がいないならば、この私がその人にならなくてはならないだろう。

そうすることも私の責任なのか。

「母」どころか、「私」の意味がわからなくなりかけているのに。

私って何？　「父」と「母」と「私」、その三つの字がまとめてブラックホールに吸い込まれていきそうな気がした。

ストールの子たちみたいに、赤ちゃんに戻って、「私」という字の存在さえ知らないまま楽しく遊べるならどんなにいいか……そうできれば、あらゆる責任から解放されるのに。相談相手が一人もいないこの難題からも解放されるのに……。

「あっ、また？」

半紙を見下ろすと、また無意識に字を書いていた。

芙

この字はハスという意味で、読みはたしか……「フ」だ。

13　善なる道

泡立つ真っ白の牛乳をカフェラテに注いでいるフの背中をじっと眺めた。あけび色の髪の毛はシンクの上の蛍光灯の明かりで青白い炎のように燃え、刺繡だらけのストールはダラダラと床まで垂れ下がっていた。私は下の端から順に、フの肩へと伸びあがる刺繡を眺めた。今はなじみ深い風景が上へと展開していく。どの森も、どの池も、どの海岸も、アサヒとの大事な思い出の場なのだ。ストールの捻りぐあいのせいか、小さいアサヒはどこにも見当たらないけれど、楽しそうに遊ぶ子どもたちの刺繡はストールいっぱいにあった。

フは詐欺師ではあっても、子どもが好きなことだけは疑いようのない事実だ。それに、料理が上手で掃除が好きなのも「母」を思わせる。

さっき、アムールの妊娠問題をフに相談しようと決めた。アムールの名前は伏せておくし、変なことを言われればすぐやめるつもりだが、相談しても害はなさそうだ。それに、フに相談するしか、残っている作戦はない気がした。

もちろん、脳裏のどこかには、「危ないよ！　こんな詐欺師に相談するなんて絶対にだめだ！」と叫ぶ自分もいたが、だれかに話さなくてはならない危機感の方が強かった。

大きく息を吸って、切り出した。

「あのね」

フはすぐスポンジを置いて振り向いた。いつも丁寧に相手を見るのがフの習慣だ。

「なんでしょうか」

「あのう、フは子どもが好きみたい……だね。その……」

ストールを指さした。「そのストールに子どもの刺繡がたくさんあるから、そう思ったのだけど」

ストールの動く光景を知っていることは絶対にもらしてはいけない。慎重に、と冷静な自分がささやく。

「はい、おっしゃるとおりでございます。子どもが大好きでございます」

フはまっすぐ私を見て言った。私は急に緊張した。

「あのう、相談に乗ってほしいことがあって」

フはなぜか、一瞬眉をひそめて私をじっと見たが、頷いた。

「お役に立てるかどうかわかりませんが、どんなご相談でも喜んでおうかがいいたします」

次のことは、思い切って一気に言うしかない。

「友達が、妊娠したの」

フから目を逸らして言って、それから頭を上げて顔色をうかがった。驚くかと思っていたが、フはいつもの穏やかな顔で笑って、頷いた。

助かった。

とりあえず尾上とアムールの名前は伏せて、手短に「友達」のことを説明した。彼氏は子どもを産んでほしくないらしいのだが、本人は産みたいと言っていると話してみた。

打ち明けるうちに心にのっかっていた重みが消え、体に温かい感情が流れ込んできた。フに対してこんな気持ちを抱く自分はなんと情けないんだと思いながら、聞いてみた。

「だから、あのう、子ども好きなフなら、いいアドバイスがもらえるかもしれないと思って」

言うことがなくなり、肩をすくめながら苦笑した。声に出してみると無理な相談だと思ったが、だめならだめで、アムールのためにベストを尽くしたことになる。

フはしばらく瞼を閉じて考え込んでいるようだったが、ようやく口を開いた。

「そういうご相談でしたら、ぜひともお引き受けいたしましょう。お友達が一人でそんな悩みを抱えていらっしゃるのはお可哀想です。すぐお目にかかれますでしょうか」

「……会う？」

「ええ、お目にかかれましたら、お力になれると存じます」

フが期待していたよりも熱心に話したので、いささか狼狽した。アムールに会わせるつもりはなかったし、会わせてはいけない。しかし、お願いしたのは自分だったし、この厄介事をフに委ねたい気持ちが突然、強くなった。
「……うん。友達に連絡する」

相談役を見つけたことをアムールに伝えた後の、アムールからのＬＩＮＥの量は凄まじかった。二、三分ごとに入るようになり、三十分も経たないうちに、二日後に、放課後三人でポートアイランド駅近くの喫茶店で会うことが決まった。

ポートアイランドを選んだのは私だった。昔お父さんと何度か行った神戸港に突き出ている埋め立ての島で、少し行きにくいこともあり、特別なイベントがない限り人通りが少ないところだった。平日なら、うちの高校の生徒に見られる可能性は低い。

翌日の午後、私はデパートのバッグを抱えて帰宅した。
「一緒にでかけるならお願いがあるんだけど……」
私は買って来たビジネススーツを掲げて、フに言った。「これを着てくれる？　それに……
…」

デパートのバッグから、ヒールやストッキング、爪切りとピンセット（うちにはもちろんあったが、意識してもらうために新しいのを買ってみせたのだ）、最後にヘアカラーを取り出して、キッチンテーブルに置いた。

バッグレディは遠い国の博物館の不思議な展示物でも見るかのように、私の買ってきた物を見下ろしていた。

やはり無理か。と思って諦めかけた時、

「はい、承知いたしました。私のような老婆にはもったいなくて恐縮ですが、お借りいたします」

と、一つ一つ丁寧に手に取って鑑賞してみせてから、大事そうにバッグに戻していった。その間のフの表情は微妙なものだった。いいものを買ってもらって嬉しがっているような表情でもなく、高級な洋服や靴などと比べて、日ごろ身に着けているぼろ服を恥ずかしがっている表情でもなかった。まるで、兵隊が身に着けるべき鎧《よろい》を点検しているように見えた。


当日の放課後、アムールと一緒にモノレールに乗ってポートアイランドに行った。

記憶どおり静かなところで、人通りが少なかった。

私とアムールが入ってきたのを見て、フは立ちあがって深くお辞儀をした。私が買ってやったビジネススーツを着ていて、まともな格好に近づいていた。ストールはもちろん巻いていたが、どう工夫しているのかいつもより短く、控えめに見えた。バッグはもちろん全部持ち込んでいるが、ブースは大きいし、ブースの奥やテーブルの下に納まっていた。髪はヘアカラーのおかげでショッキングなクレマティスが抑えられ、照明の具合で紫色が黒っぽく見えた。

紫といえば、偶然、アムールは紫色のワンピースを着ていた。

ガーゼのような薄紫のワンピースドレスで、アムールが少しでも動くとガーゼの生地は色合いが変わって、その時まで見えなかったたくさんの紫のバリエーションが現れる。アムールの曖昧《あいまい》で、変わりやすくて、脆《もろ》い心にそっくりな色だった。

私は三人分の紅茶を頼んだ。

フをアムールに紹介すると、心配したとおり、アムールは涙の溜まった目を大きく見開いて不安そうな顔をした。フが過剰な敬語で世間話をしようとしたから、ますます気まずい雰囲気になった。アムールは椅子にできるだけ浅く腰かけ、少しずつフから離れようとしていて、いつでも飛んでいってしまいそうな小鳥みたいだった。

「アムール様」

と、フはそっと話しかけた。

アムールはテーブルの下で私の手をつかんで、おもむろに顔を上げた。

「はい」

「アムール様にはとても特別な才能がありますね」

「才能?」

意外なことを言われて、アムールは眉をひそめた。

「ええ、そうです。子どもの心に寄り添って、子どもを喜ばせることができる非常に貴重な才能です。私めがいちばん重視している尊い才能なのです」

アムールには虚栄心が強いところがある。フに褒められて、テーブルクロスに染み込む涙の数は急に減った。

フは厳かな仕草で手を胸元に当てて、ストールの端をつかんだかと思うと頭の上に持ち上げて、一回、二回、三回とゆっくりと回してから、一メートルぐらいの部分を出してテーブルクロスの上に広げて皺を伸ばした。

アレを出すのか。まさか、喫茶店でアムールに叶わない世界を見せるつもりではないだろうな。

しばらく様子を見ていたが、ストールの秘密を見せるつもりではないらしい。アムールに笑いかけながら、刺繍の中で子どもが遊んでいる風景を見せた。

アムールは涙を忘れ、身を乗り出してじっと刺繍の世界に見入っていた。

「触ってもいいですか」

「はい、もちろんですとも。思う存分触って、ごらんになってください」

「はい！」

アムールは刺繍の感触を手で確かめながら、子どもと動物が遊ぶシーンを食い入るように見ていた。ときどき「あっ、このステッチ、上手！」とか、「デザインが細か～い！　まるで生きているみたい！」とか興奮した様子で呟いた。

私はだんだん不安になった。

妊娠の相談はどうなっている？

テーブルの下でフのローヒールの足を蹴った。

フはストールから目を上げて私を見た。私は部屋を見回して声を潜めて言った。

「あのう、その、子どもの相談に来たんですけど」

フに対して丁寧に話すのはむず痒《がゆ》い気分だったが、親しい人だとアムールに悟られては困るので、仕方がなかった。

「あけみ様、アムール様には刺繡をしばらくお楽しみいただきましょう。ご相談はそれからにいたしましょう」

私はフと、ストールに夢中になって自分が抱えている重要な問題をすっかり忘れてしまっているようなアムールを交互に睨んだが、二人は刺繡の話に夢中でまったく気づかない。

どうしてストールの話になったんだ？

私たちはやはりフに騙されている？

悩んだ末に、偽電話を利用しようと思った。ターゲットはアムールではなく、フだ。フのような手強い相手がそんな茶番劇に騙されるかわからなかったが、ほかにいい案は浮かばなかった。

まず上半身を動かさないようにして、足でテーブルの下のバッグを一個両足ではさみ、自分のところへ引っ張った。それからテーブルの下でスマホをいじって、着信音を出してから「もしもし。え？　何？」と言いながら席を立った。フがストールに集中しているのをいいことに、バッグをトイレに隠した。

そして、二人のところへ戻り、「フさん！」と慌てたふりをして言った。「フさんのバッグが一個、エレベーターホールに転がっていたそうですよ。ストラップが切れていたみたいです」

「私めのバッグが、ホールに……まさか……」

フは「そんなはずはない」という風にバッグを見回して数えたが、徐々に顔を強張らせた。フにとって、バッグを落とすなんて、ストールをなくすことの次に一大事に違いない。

「アムール様、あけみ様、まことに申し訳ございません」

フは慌てて立ち上がると、バッグをかき集めながら、お辞儀をした。「私めは大変な過ちを起こしました。まことに失礼ではございますが、この場をお暇《いとま》させていただけないでしょうか」

そう言うと、フは呆然としているアムールと、ほっとしている私を残して、出口へ急いだ。

フがいなくなったあと、私はアムールを慰めるには一苦労するだろうと思った。しかしアムールは、ストールに元気づけられたのか、むしろ大事なものを落としたフを心配していた。

ほっとしたらいいのか洗脳を心配すべきかわからないまま、アムールと別れて家路についた。

坂を上っているうちに、捨てかけていたフへの疑念が新たに湧いてきた。フを信用してアムールに紹介した自分が馬鹿だった。そのせいでアムールはフに洗脳されてしまった恐れがある。ストールの世界はやはりトリックで、アサヒも洗脳の道具にすぎないのかもしれない。

息せき切って玄関に突入した時、バッグをトイレに置きっぱなしだということを思い出したが、どうせ嘘はバレているだろうと開き直り、そのままキッチンに直行した。

今度こそフとファイナルバトルになるだろうと覚悟したが、先に帰宅していたフは、お茶を淹れてテーブルに座り、いつもと変わらない平和な顔で私を迎えた。

テーブルの上には、砂糖とお菓子と一緒に、私が喫茶店のトイレに置いてきたはずのバッグも置かれていた。

「あけみ様、どうぞお掛けください」

とフは、いつもの謙虚さに少しの権威を混ぜて話しかけた。

私はドサッと椅子に座り込んで、自分の前に用意してあるお茶とシュークリームを乱暴にどけた。

「信じてやったのに、最初っから相談に乗るつもりはなかったのね。ストールの……ストールで……アムールを洗脳しようとしたんだよね。いったい何のためよ。そうよ。何もかも、何のためにやってるの？」

それにアサヒは？　ストールの世界は？

すぐにでも答えてもらいたい質問がいくつもあったが、部屋に忍び込んでいることをバラしたくないので黙り込んだ。

「あけみ様、お約束とは違う話になってしまい、まことに申し訳ございませんでした。しかし、アムール様が一番必要となさっていたお薬はストールにありましたので、仕方がなかったのでございます。お子様がお好きで、想像力に富んでいるお方だとお見受けしましたので、ストールをお見せして、お心を楽にしていただこうと思ったのでございます」

「楽になる？　妊娠は楽になったからって治るものじゃないよ」

「お友達は、妊娠はしていらっしゃいません」

「ええ!?」

フの返事にびっくりして、顔が強張った。「妊娠してるよ、検査キットを買って確かめたと言ってたから！」

「違います」

珍しくストレートに言って、フは話し続けた。「お友達、アムール様ですね、妊娠していらっしゃるとおっしゃったのは、ある男性に軽んじられ、やりきれないお気持ちになり、体も心もボロボロに崩れて、そうなって必死についた嘘なのです。頼もしいあけみ様に、最後の救いを求めて投げかけた痛切な叫びなのです。でも、妊娠ではないのです」

「嘘よ。だってアムールの彼氏は……」

「その男性は、尾上和弘様ですね」

「待って、どうして彼の名前まで……」

事情を説明した時、尾上の名前は言っていなかった。

「あまり感心できない男性ですね」

とフは淡々と言った。「女性をおもちゃとしか思わないような、無責任な人です」

さらに、フは取り繕うように、

「どのような人でも邪道を諦め、正しい道を歩みなおすことは可能です。どのような人でもせっかくこの世に生まれてきた大切な存在なのですが」

と言ってから、厳しい口調で続けた。「しかし、尾上様は今は正しい道から大きく外れたことをなさろうとしています。あけみ様の大事なお友達をお捨てになるつもりで、お金目当てで八重樫綾香様という女性と付き合い始めておられるのです。それだけでも充分悪いのに、避妊に心配りをなさっていない尾上様は、八重樫様を妊娠させ、尾上様は八重樫様に……」

「はあ？」

いきなり登場人物が増えて話がわからなくなった。

フは顔を強張らせて、しばらく黙り込んでから低い声で言った。「尾上様はアムール様にも、八重樫様にも、とてもとても残酷な行為を強いようとしているところなのです」

私は啞然としてフを見た。尾上の名前さえ話していないのに、このおばあさんは今話している内容をどうやって知ることができたのか。デタラメだろうか。

「あけみ様。私めが今日アムール様にストールをお見せしたのは、少しの間でも尾上様からお気持ちを逸らして、深く痛んでいる心を癒すための臨時の措置に過ぎません。この問題を解決して、アムール様に本当に元気になっていただくためには、尾上様に屈していただく必要がございます。私めと手を組んで、尾上様が屈するように仕向けませんか」

普段は謙虚に「はい。はい」と人に服従してみせるフが、いまは背筋をピンと伸ばし、凛とした声で私に告げた。

「尾上が……屈するように仕向ける？」

「はい」

とフは毅然とした口調で言った。「孫子曰く。是の故に、百戦百勝は、善の善なる者に非《あらざ》るなり。戦わずして人の兵を屈するのは、善の善なる者なり」

何の話かさっぱりわからないのだが、孫子の言葉をぶつけられ、私は返す言葉がなかった。

14　敵の敵は味方

八重樫綾香という人物はネットを使うだけで調べることができた。大阪で立派そうな整形外科クリニックを経営している八重樫正敏という人物を見つけたからだ。八重樫という苗字は山田や田中とは違うから、この人を綾香の父親や祖父と結論づけてもいいだろう。いくらフが想像力に富んでいるからといって、これほどのでたらめを考えつくこともないだろう。それにしても、フはいったいどうしてアムールについてこれほど詳しいことを知っているのだろう。私とお父さんとカザミだけではなく、私の友達の生活まで調べているのだろうか。恐ろしい婆さんだと思って首根の皮膚がチクチクしたが、他に頼れる人がいなかったから、やはりフの作戦を聞いてやろうと決めた。

フの話した作戦は、簡単だった。尾上と八重樫が外食しているところに、アムールを連れ出して会わせるだけなのだ。

「でも、難しいよ。二人がいつどこで外食するか、どうやって知るの？」

「その情報はすでに小耳にはさんでおります」

とフは穏やかな表情で言った。「お二人は来週の土曜午後六時に、スワレーというフランス料理店でお食事されることが決まっています」

「はあ？　フは副業に探偵でもしているの？」

否定されるかと思えば、フはあっけなく頷いた。

「私めの使命のために必要なのでございます」

「その使命のことだけど……」

「あけみ様、大変失礼でございますが、使命に関しては口外できかねます」

イライラするなあ、この婆さん。

「でも」

と私は険しい顔で続けた。「二人が付き合っていて子どもまでできていることにアムールが気づいたら、ものすごいショックじゃない？　快復するどころか、今度こそ寝込んでしまうよ」

「あけみ様、この件は私めにお任せください。お三方が居合わせられれば、必ずアムール様にとってよろしい結果になるはずです。あけみ様の大事なアムール様を傷つけるような酷いことは絶対にいたしません」

フは自信満々の口調で言った。

「どんな結果になるか予言でもできるの？　巫女《みこ》じゃあるまいし」

でも、結局フの計画に従うことにした。理由は二つあった。一つは、フが巫女みたいな存在かもしれないと思い始めていたからだった。もう一つは、自分にはいい案が一つも思い浮かばないからだ。

孫子の言葉ではないが、「敵の敵は味方」とは、よく言ったものだと思う。

アムールはまたフと会えると知って、LINEで質問を浴びせかけてきた。「ストールのことを教えて」「フさんはどこの人？　どういう人で何歳なの？」「刺繍は教えてもらえるかしら？」云々《うんぬん》と続き、サイトで見つけた器用な刺繍の写真も次々に。私ほどアムールを知らない人だったら、もう尾上のことも、お腹にいる嘘の赤ちゃんのことも忘れて、すっかり快復していると思い込んだかもしれないけれど、こう必死になっているのはそれとは違う。アムールの心にできた穴はまだまだ埋まっていなくて、LINEやインスタを投げ込むことで、穴をいっぱいにしようとしているだけだ。

土曜日、アムールと待ち合わせてスワレーという、宝塚の高級レストランに行ってみると、フが予言したとおりになっていた。窓際のベルベットのブースに座っているのは、尾上と、おそらくは八重樫綾香だった。

八重樫綾香は美人で、デパートの一番高いディスプレイの服をそのまま揃えて着ているような、いかにも金持ちの医者の娘らしい格好をしていた。

フは先に到着していて、尾上の死角になる、一番暗いブースに座って紅茶を飲んでいた。ポートアイランドの喫茶店の時と同じように、私が買ってやった洋服を着ていて、美容院にでも行ったのだろうか、髪の毛も整っていた。汚いバッグはテーブルの下に隠してあり、ブランド品のバッグが何個か見える程度にしていた。ストールはスーツには全然合わず、せっかく整ったバランスを崩していたが、前回と同じように短く、控えめに見えて、ギリギリでセーフだった。

私は尾上に気づかれないようにそっとウェイターについてそのブースに向かった。なんと暗くて便利なレストランだろう。フは最初からそれを知っていて、尾上がここを選ぶように仕向けたのではないかと疑うほどだった。

アムールはストールをまた見せてもらえることに夢中で、尾上の存在に気づいていなかった。アムールはシンプルなシルクのワンピースにセーターを着ていた。ワンピースは灰色で、セーターは白い地に、数えきれない小さい花の刺繍がついていた。花の刺繍は聞かなくてもアムールの手作りだとわかった。

夕食の時間帯なのに、フは自分の紅茶の他に二人分のカプチーノしか頼まず、ウェイターに露骨に睨まれた。まあ、食べ物は今はどうでもいい。尾上と八重樫のブースが気になって、肩が緊張でカチカチになり、割れてしまいそうだった。

座るが早いか、アムールは「ストール、見せてください。お願いします」と頼んだ。

フは頷いて、前みたいにストールを解きにかかった。

一回、二回、三回、とストールを解くフの手の動きを見ながら、尾上たちのブースを気にしていたのだが、二人の声はほとんど聞こえてこない。これでは前回フとアムールに会った時の繰り返しにしかなりそうにない。

フはストールを広げて皺を伸ばした。

アムールは顔をうんと近づけて、うっとりした顔で見入っている。

ストールの中に、私はアサヒを探した。昨夜は馬が駆け回る草原にいたが、今日はどの風景にいるのだろう。

ようやく見つけた時は驚いた。アサヒは風景の中心から遠く離れ、ストールの縁のところにいた。ストールの世界が生きていない今、アサヒは黄色いシャツに緑色の短パンを穿《は》いた平たい一枚の絵にしかなっていなかったが、それでも、黒い点にしか見えない瞳にこもった気持ちは充分伝わってきた。ストールの縁にしゃがみながら顔を上に向けているのは、私を探しているからだ。

「アサヒ!」

と呼びかけそうになって、唇を噛んだ。

まさか、夜も昼も何もせずに私が現れるのを待っているのだろうか。黒い点の瞳に込められた期待に胸が締めつけられた。アムールや尾上のことを忘れ、アサヒのことばかりが気になった。そして、そのうちにとても恐ろしいことに思い当たった。

フにも、今のアサヒが見えるはずだ。

だから、ストールを手にしてはじっと観察していたのだ。アサヒが縁にばかりいてだれかを見上げていることが、フも気になっていたのだ！

恐る恐るフを盗み見ると、本人は楽しそうな顔でアムールの質問攻めに答えるのに忙しく、私にもアサヒにもまったく注意を払っていなかった。アムールの声は興奮で上ずっていて、尾上が聞きつけるのではないかと心配でたまらなかった。一方、尾上は八重樫と真剣に話し込んでいるのか、こちらには気づかないようだった。

「なんてかわいい帆船！」

アムールは突然歓声をあげた。「帆の生地はガーゼでしょ？　あっ、何か書いてある！　小さい字ね、すごく小さい。こんな細かいの縫うの、私には無理ね……でも、読める！」

「しっ！」

必死に注意したが、アムールの声は隣のブースの客が振り向くほど大きくなっていた。

「『入ってくるものは……比類なき……出ていくものは……絶えることなき……』へえ、これどういう意味？」

私を悩ませてきたあの文句が、はっきりとレストラン中に響いた。

アムールが言い終わるか終わらないうちに、突然、背の高いきれいな女性が私たちのブースの横に立った。
八重樫綾香だった。

15　切なる願い

「あのう、何か御用ですか？」

アムールはびっくりして女性を見上げて、言った。

しかし、八重樫はアムールと私には目をくれず、フだけをじっと見つめていた。目には涙が溜まり始めている。

「フさん！」

八重樫はフに向かってお辞儀をした。「またお会いできてよかったです」

私は眉を吊り上げた。八重樫綾香は前にもフに会ったことがある？

一瞬、フが新興宗教のリーダーかもしれないという疑いが蘇った。まさか、このお金持ちの女性はフの……信者……ではないよね。でも、信者でなければ、いったいどんな関係だろう。

八重樫の真横に尾上が現れた。尾上はフを睨みつけた。

えっ？　尾上までもがフを知っている？

アムールは尾上を見て目をぱちくりさせ、「ひいっ」と息を吸い込んだ。

「綾香、ブースに戻ろう」

と尾上は感情を嚙み殺した声で言った。「このお婆さんに会ってはいけないと言っただろう……」

尾上は途中でアムールの存在に気づいて、目を見開いた。

「……君。いったいどうして……」

「私、やっぱりフさんにお願いしたい。子どものことを」

と八重樫は、ダイヤモンドの指輪を付けた細い人差し指で涙を払いながら言った。「この人……」

八重樫は尾上を横目で見て、震えだした唇を固く閉じ、落ち着きを取り戻してからようやく言った。「フさん。この人は、思っていたのと違うみたいです」

八重樫は周りの人に聞こえないように小声で言った。

「この人は私のことも、お腹の子のことも、大事にしない人です。だから、フさん助けて。ぜひぜひ、ストールで助けてください」

アムールは「あっ！」とかすかな声を上げた。テーブルの下で、アムールの骨ばった手が私の手を探り出して、必死に握った。「この人が……尾上さんの、新しい彼女……」

アムールはだれに言うでもなく、か弱い声で呟いた。

「そうなの」

私はアムールにしか聞こえないように低い声で囁いた。

突然、尾上がレストランの客の注意を引くほど大きな声で怒鳴った。

「綾香、行こう。こんな嘘つき婆に騙されてはいけない……どうして大人しく俺の言うことが聞けないんだ。な？　もう、行くんだ！　俺と一緒に来るんだよ！」

今は、レストラン中のだれもが私たちに目を向けている。無理もない。変なおばあさんに、美女二人と、声を荒らげて女性を脅迫するイケメン男というテレビドラマ並みのキャストが揃っているのだ。

だんだん事情が飲み込めてきたアムールは、体を震わせながら私にすり寄ってきた。

尾上は私たち四人の女性を交互に睨みつける。フはそれでも尾上を無視して八重樫に向かって頷いた。

「お力添えをさせていただきます。私はレディースルームに行きたくなりました。八重樫様もいらっしゃいませんか」

そう言って、フはストールを巻き直してゆっくりと立ち上がり、余裕たっぷりのゆったりとした動きで二十個のバッグを拾い始めた。

「は、はい」と八重樫が言ったのと、尾上が「行くな！」と叫んだのが重なった。

尾上は八重樫の腕をつかんで引き留めようとしたが、八重樫はその尾上の手を振り払い、入口の外にあるトイレの方へつかつかと行ってしまった。

フはバッグ拾いを終えると、足を止めて私たちを振り向いた。

「『入ってくるものは……比類なき……出ていくものは……絶えることなき……』。子どもの気持ちがよくわかるアムール様には、私のこの切なる願いがよくおわかりになるはずです。その願いを妨げようとする者が愛すべき者かどうか、よく考えてみてください。では、レディースルームに行ってまいりますので」

呆然とする私とアムールと、憤然と拳を握りしめている尾上を残し、フは八重樫を追ってレストランの入り口の方へ行ってしまった。たくさんのバッグを避けるために、テーブルについている客は慌てて椅子をテーブルへ寄せて道を開けた。

取り残された尾上はしばらく首振り人形のように頭を意味なく左右に振っていたが、やがて我に返り、レストランを出て行こうとした。

尾上に話しかけるスタッフの声が聞こえてきた。

「お客様、お勘定をお願いいたします」

レストランを出たアムールは、いつにない安心感を漂わせていた。

「あけみ、フさんが言ったの、そのとおりだね。尾上さんは最低の男だよね」

私は呆気に取られてアムールを見た。あれほど思い込みの激しかったアムールが、尾上をこんなにあっさりと諦めることができるとは。

「じゃね！」と無邪気に手を振るアムールと別れて家路についた。

フはいったい何者だ。帰宅したら今夜こそ、フを尋問して真実を教えてもらおうと自分に誓った。答えてもらったうえで……。

答えを得たあとは、いったいどうすればいいだろう。もうフを家から追い出したいとは思っていない。だってフを追い出すことは、アサヒを追い出すことなのだから。

アサヒのことを思い出して、走り出した。今もストールの縁まで行って空を見上げ、私を待ってくれているのだろう。今夜は絶対に会って、フラッシュで顔を見せ合いたい。

帰宅すると、フはまだ帰ってきていなかった。宿題に集中できそうになかったから、和室に向かった。そして、念入りに準備をし、ストールのあらゆる問題の鍵になりそうな言葉を書いた。

『入ってくるものは……比類なき……出ていくものは……絶えることなき……』

この言葉には、八重樫を立たせる力があった。アムールに、尾上を諦めさせる力もあったかもしれない。でも私には意味不明だ。

その時、和室のふすまが開いて、お父さんが、スリッパを脱ぎながら入ってきた。

「帰ってたのか」

と言ってフの句に気づき、「入ってくるものは、比類なき、出ていくものは、絶えることなき……まさにそのとおりだ」と感嘆のため息をもらした。

「だから、どういう意味？」

お父さんは私の近くに正座し、長い間、句を眺めた。

「さすがあけび、見事な筆跡だなあ。でも、もうちょっと、ほんのちょっと待ってね。今はタネを明かすにはまだ早い。それより、最近は夜更かしが多すぎるよ」

私は眉を吊り上げた。やっと気づいたんだ。

「僕はのんびりしてるけど、あけびは塾や部活があるんだから、生活リズムが狂うと体にさわるぞ。な、お父さんも今夜は早く寝るからもう休みなさい」

私は首を振った。

「バッグレディの帰りを待っている。お父さんがこの句の意味を教えてくれないなら、フに聞いてみる」

「ふ〜ん。たぶんだめだと思うんだが、フさんに任せるよ。なあ、あけび。待っているのはあけびだけじゃないんだ。僕も必死に待っている」

私が「何を？」と聞いたのと、お父さんが「まだ言えない」と答えたのは、ほぼ同時だった。

お父さんはしばらく和室に掛けてある半紙を眺めていたが、突然、「筆、借りていい？」と聞いた。

「うん、いいよ」

体をどかして、お父さんが半紙の前で正座する空間を作った。

「待つ、といえば、『松風』という能を思い出すなあ」

筆先を墨に浸してから、お父さんはお父さんらしく、書道の基本を無視しながらも、独自のルールで妙にバランスを保っている独特な字を書いた。


たとひ暫《しば》しは別るるとも、待たば來んとの言の葉を。


そして、自分の筆跡を満足そうに眺めてから筆を返して、立ち上がった。

「今夜は早く寝なさい。そのうちに何もかも明らかになるからね」

お父さんはそう言って、和室を出ていった。

私はお父さんが書いたばかりの句をじっと見て、つぶやいた。

「アサヒ、待たせてごめんね。もうすぐ行くから」


十一時過ぎに玄関のドアがそっと開いた。

玄関へ駆けつけて、フに食い下がった。

「どうして八重樫を連れて消えてしまったの？　八重樫と何の話をしていたの？」

それを皮切りに、「比類なき」の詩の意味や、アムールがどうしてころっと尾上を諦めたのかなど、矢継ぎ早に質問を浴びせかけた。

しかし、フは頑として答えてくれなかった。

「お友達はもう大丈夫でいらっしゃいましょう。あけみ様のお気持ちは重々存じ上げておりますが、守秘義務がありますのでそれ以上は申し上げることができません」

私は疲れていたし、すぐにもアサヒに会いたい気持ちもあり、朝にあらためて問い直すことにしようと自分に約束して寝室に帰った。

お父さんは約束のとおり早く寝たようで、フが寝るのにもそれほど時間がかからなかった。イビキを確認し、書斎のドアを開けて、お父さんが横になっているソファを速足で通り過ぎた。パソコンを消すのを忘れたお父さんは画面の青白い光線を顔に受けながらぐっすり眠っていた。

やっと、アサヒに会える！

連絡ドアへダッシュして、ドアノブを握ったが、動かなかった。

力を入れてもう一度ノブを下へ押したが、ビクともしなかった。

私は息を呑み、白熱した鋼に触れたかのようにドアから飛び退いた。

同時に、顔をピシッとひっぱたかれたような衝撃を感じた。

ドアは内から鍵をかけられていた。

16　空を見上げ続けるアサヒ

私はキッチンテーブルでフと向かい合って座り、アサヒに出会って以来抱いていた疑問の一つめを、炎を吐く龍の勢いで浴びせかけた。

「どうして！」

昨夜、私はドアが開かないのを知ると、自分の寝室に戻り、ベッドの上にあおむけになった。十七歳で早くも心臓発作でも起こしているのかと疑ったほど、胸が苦しかった。

フは、ストールの縁でうろついているアサヒに気づいて、私が叶わない世界を開けていたことに思い至ったのだ。そして、鍵をかけることでそれを拒んだのだ。

アサヒに会いたい。会わなくちゃ！

苦い思いをかかえ、長い間眠れずに横たわっていた。ときどき悔しさと、鍵をかけられたことでフから暗黙の非難を受けたことの恥ずかしさで、身悶えし、嗚咽《おえつ》した。が、一か月近くの睡眠不足がようやく私を苦しみから解放してくれた。何も考えなくていい深く長い眠りに落ちた。

目覚ましにも気づかずに何時間も眠ったらしかった。

目が覚めると午後二時過ぎだった。

昨夜の生々しい怒りと恥がまた胸を襲ってきた。

キッチンから、フが動き回っている気配がした。お父さんの書斎からは何の音も聞こえなかったから、いるかどうかわからなかった。私は飛び起きてキッチンに行き、椅子を折らんばかりの勢いで座った。

夕飯の準備中なのだろう、背を向けて料理していたフは振り返り、私を見ると穏やかに笑った。ミルクティーと、淡いブルーとピンクのアイシングの上に信じられないほど細かい、金縁のバラの装飾が施されたクッキーを乗せた盆を持ってきて、テーブルの向かいに座った。ちょうどいいタイミングでおやつがでてきたのも癪に障った。震える手で脇に退かした。

「どうして！」

と、悲鳴に近い声で言った。

「あけみ様」

そこまで言って、フは姿勢を正して私を見た。普段のフは謙虚そのもので目を伏せてばかりいるから、知らない人の顔を見ている気がした。その視線には予期していた怒りはなく、思いがけないものが込められていた。

理解と尊敬と哀れみが混ざっている複雑なその視線から、目を逸らした。

「あけみ様」

いつもよりも改まった口調で、フは言った。「まことに申し訳ございませんでした」

「謝るくらいなら、どうして鍵をかけるの」

こっそり覗いた自分も悪いと思うけど、熱い言葉がこみ上げるのを抑えられなくてピシャリと言った。

「あけみ様、全部私めが悪いのです。私めの不注意であけみ様をあの子に会わせてしまいまして、申し開きのしようがございません。私めの過失で、あけみ様もあの子も深く、深く傷つくことになってしまいました」

「だったら会わせてよ、すぐにでも。アサヒは私を待っているんだよ」

「……アサヒ様、でいらっしゃいますか。あの子に名前を付けてくださったのですね。まあ、なんと喜ばしいこと！」

ところが、フの瞳には喜びは一滴もなく、深い悲しみの海になっていた。

「これからもそのお気持ちを尊重して、アサヒ様とお呼びいたしましょう」

「ああ、もう！」

私は拳をテーブルに振り下ろして、ミルクティーのカップを躍らせた。「どうして、ここにいるの？　どうしてストールなんか巻いているの？　どうしてストールの中に動き回る子どもがいるの？　お父さんの忘れ物とどう関係しているの？　教えて！　さもないと私……」

途中で椅子から立ち上がり、フに向かって拳を振り上げている自分に気づき、慌てて手を止めた。

「お怒りはごもっともです」

フは何もかも理解しているかのような情け深い目つきで私を見上げた。

理解なんかされたくない。私が、そっちを知る番なのだ。

「もう、ごまかさないで！　ちゃんと説明して。全部、説明して」

フは俯《うつむ》いて、長い間黙っていた。そして、

「その前に、クッキーをいかがですか」

と言ったが、言い終わらないうちに私は手でクッキーとミルクティーを盆ごと床に払い除けた。カップや皿が割れる音がして、薄茶色の池が床に広がった。

「もう、ごまかしは効かないよ」

「……そのようですね」

フはミルクティーがスリッパに浸透してくるのを無視して、深いため息をついた。

「では、なんでもお答えいたしますので、ご自由に質問なさってください。でも、その前に……もう一度お見せいたしましょう」

フは何回か深呼吸をした。全身の力を込めた強い呼吸だった。そして、決心したように両手を首に当てて、ストールの端をつかんだと思うと何回か頭上で回して、解いた部分をテーブルの上にクネクネと広げた。

この数週間、アサヒが遊んでいた風景が、眼前に開けた。ジャングル、海辺、沖、草原、そこにいつの間にできたのか砂漠の風景も加えられていた。砂漠は荒涼で寂しいところではなく、珍しいサボテンの花が咲き、色とりどりの砂の上でかわいく縫い込まれた蛇やラクダがいる楽園のようだった。砂の上を這いまわっているサソリでさえ、気さくそうで、抱き上げてみたいほどかわいかった。

フはストールの上に、風を吹かせるみたいな仕草をした。

「あっ！」

私は小さく叫んだ。突然、ストールの世界が動き出したのだ。おまけに、以前とは違って、たくさんの音がはっきりと聞こえてきた。

ゾウの足音。

砂浜に砕ける波の音。

たくさんの生き物の鳴き声に交じり、子どもたちの歓声と少しの泣き声も聞こえた。

「アサヒ！　アサヒは、どこ？」

ストールに屈みこんで縁の方を探したが、すぐには見つからなかった。子どもの声は明瞭に舞い上がってきているのに、自分の声はやはりストールに届かないようだ。

つい手を伸ばした。すっかり開かれた叶わない世界に、触れられそうだった。

「あちっ！」

指先がストールに近づいた時、感電したような痛みが走り、慌てて手を引いた。

「叶わない世界の者には触れることも話しかけることもできません。賢いあけみ様はお顔を見せる方法を思いつかれたようですね。大変恐縮ですが、今はお顔をお見せすることはできないようにしておきました」

「どうして！」

怒鳴りつけるつもりが、うめき声になり、ヒリヒリした指で目を覆った。

「そうしなければならないからです」

フは断固とした口調で言った。「叶わない世界のお子様たちは、外の世界に目覚めてはいけないからです。目覚めてしまえば、今のアサヒ様のようになるのですから」

縁を探し続けてようやくアサヒを見つけた。真っ黄色の派手な花で覆われているサボテンの近くだったから、黄と緑の洋服がカモフラージュされていたのだ。

昨夜レストランで見た時と同じように、じっと立って大空を見上げていた。昨日から、少しも動いていなかった。

「私の顔を見せてあげて」

無理だと知りながらそっと、震える声で言った。「私を待っているんでしょ？」

「あけみ様のお顔をお見せすれば、どうなることかと」

「……」

「あけみ様は優しいお方なので、アサヒ様を喜ばせようとお考えになり、お顔を見せ合う遊びをお続けになることでしょう。あけみ様も優秀なお方で、アサヒ様もとても賢いお子様なので、とっても面白い遊びをたくさん発明していくでしょう。それはもう始まっており、アサヒ様は想像してはいけないことを想像し始めています。あけみ様には顔だけではなくて、お体もあると想像なさるでしょう。あけみ様の周りに、叶わない世界とは違う世界があると想像なさるでしょう。それから、アサヒ様は次第に叶わない世界では満足できなくなり、外の世界ばかり考えるようになりましょう」

「だったら、アサヒを……出してあげれば？」

出せないのだろうと見当はついていたが、聞かずにはいられなかった。

「まことに残念ではございますが、アサヒ様をお出しする力は私めにはございません」

私は黙った。もちろん、アサヒをストールから出したい気持ちは最初からあったが、無理そうなのでその考えを頭の奥に押しやっていたのだ。

私たちは黙ってストールを見下ろした。そのうち一人の赤ちゃんが突然、小さな口を開けて、ゾウの足踏みや波の轟きさえ負かしてしまうほど大きな声で泣き出した。頬は真っ赤になり、口の中に小さくて真っ赤な舌が感情で震えているのが見えた。

フは素早く手をかざして、叶わない世界を刺繡の世界に戻した。バッグから茶色の布切れを取り出して、あっという間に縫い針に糸を通し、見事な技で子ラクダをストールに縫い込んだ。そして、また手をかざして世界を広げた。子ラクダは赤ちゃんに歩み寄り、頬に鼻を擦りつけはじめた。赤ちゃんはびっくりして泣きやみ、しばらく呆然と横たわってから子ラクダと遊び始めた。

胸が苦しくなった。以前なら、兄貴分のアサヒが駆け付けてきて慰めたのだろう。自分も小さいのに、精いっぱい赤ちゃんを抱き上げて揺さぶってやるアサヒの姿を思い出して、アサヒが動かなくなったことでストールの世界の均衡が崩れたことに初めて気づいた。

アサヒと他の子どもたちとの関係を崩したのは、他でもない私なのだ。

私はテーブルに顔を伏せた。その拍子に、零《こぼ》れたミルクティーが私のスリッパにも冷たく浸透してきた。

「フはどうして叶わない世界なんて作ったの?」

顔を伏せたまま呟いた。「こんな世界にいったい何の意味があるの? こんなの作らなければいいのに」

「あけみ様は勘違いをなさっているようですね。このお子様たちは、私めが作ったものではございません」

17　とんでもない詐欺師

「私めは昔から赤ちゃんに弱いのでございます」

フは少し黙ってから、ゆっくりと言った。「ですから、大昔のその日、娘さんが村の近くの森に住む老婆のところへ行く決心をしたと知って、ついてまいりました」

「何の話？　どこの娘さん？　どうして老婆のところに行ったの？　ちゃんと説明して」

フはギリギリ聞き取れる声で何ごとか呟いた。

「えっ!?　堕胎《だたい》!?　娘さんは子どもを堕ろしに行ったの？　どうして病院に行かなかったの？」

「その時代には病院はまだありませんでした。ですから、その娘さんにとっては老婆のところに行くのは命がけの決意でございました」

「待ってよ。病院がまだなかった時代って、フが生きていた時代じゃないでしょ。お願いだから、寓話ではなくて本当の話をして。今度こそ、本当の話をするって言ったでしょ？」

フは困ったように胸を上下させて、短い息を吐いた。

「あけみ様。信じがたいかもしれませんが、これは本当の話なのです。私めにはこの話しか申し上げられません。続きをお聞きになりますか」

「アサヒの、本当の話を聞きたい」

「この話は、アサヒ様の話でもございます」

私は頷いた。そうならいいけど。じゃあ、比喩から始まる話だよね。フは病院ができる前の時代に生きていたはずはないから。

「病院ができる前なら、女性は、あのう、どのように子どもを……堕ろしたの？」

「とても危ない行為でした。毒草を呑まされたり、子宮に危険な道具を入れられたりして、お母様がお亡くなりになる場合もたくさんございました」

「でも、その娘さんは森に行く途中でフに出会ったんだね。いや、きっと出会うようにフが仕向けたんじゃない？　あっ」

突然、昨夜のことを思い出した。「昨夜もフは、尾上たちに出会うように……仕向けたのね」

フは頷いた。

「昔のお話に戻りますけれど、私めは森の中でその娘さんにお目にかかりました。とてもお気の毒な娘さんで、村を通りかかった商人に強姦されたと仰っていました。その男の子どもを、どうしても産めない、産んでも愛することができないと、娘さんは地面に突っ伏して泣いていらっしゃいました。

　その時には私めはストールは持っておりませんでしたが、娘さんに老婆のところには行かずにお子様を私めにお預けくださいと頼みました。お預けくださって私がそのお子様を保管しましたら、いつの日にかお気持ちが変われば、お産みになるチャンスはあると思ったからです。その娘さんのお気持ちが変わらなくても、他に産みの母を探すことができるとも思いました。ですから、頭に巻いていたスカーフを外して、お子様をお預かりいたしました」

「いったいどうやって？」

「あけみ様、それだけは使命に関わることなので申せません」

　私が目玉を飛び出さんばかりに見開いて鼻孔を膨らませるのを見て、フは言い訳のように付け加えた。「この家にはその話に詳しいお方がいらっしゃいますので、ぜひその方に聞いてお確かめください」

「えっ？　お父さん？」

「……」

「わかった。あとでお父さんに聞くけど、お父さんが教えてくれなければ、やっぱり答えてもらうよ」

「残念ですが、その時にも私めがお答えすることはできかねます」

「ふん」

「森で娘さんとお別れする前に、娘さんに頼んでもう一つの物を預かっておきました」

フはあるバッグを引っ張り出して、カサコソと中を探しまわしてから、織り目の荒い古そうなボロ布を一枚取り出し、そっとテーブルに置いた。「娘さんの着物の一片で、今も大事に取っております」

「どうして？」

「お子様をお預けになったお母様に頼んで、大事にしていらっしゃる物をいただくことにしております。母と子を繋げるものを取っておくことで、私もお母様方をいつまでも覚えていられますし、お子様がストールをお出になって生まれる時にはお母様の形見としてお渡しすることにいたしております」

私は眼を大きくして、フを囲んでいるバッグを見渡した。どのバッグもそういうガラクタでいっぱいになっている。ということは……。

「いつの時代の話？　平安時代？」

フは驚いて顔を上げた。

「今話しておりますのは、唐の時代の中国の話なのです」

私は唇を歪めて、ため息をついた。まあ、いい。アサヒが出てくる話なら最後まで聞こう。

フはこの話しかできないと言うし。

「お子様をお預かりすることを始めたのはその時からのことでございます。当時はあくまでも短い間お預かりするつもりでございました。お預かりしてはすぐ産みの母を見つけ、子どもを欲しがっている方にお受け取りいただくつもりでございました」

フは低い声で唱えた。「入ってくるものは……比類なき……出ていくものは……絶えることなき……、はその時からの願いでございます」

「またそれ？　どんな意味なの？」

「世界の最初の詩人、メソポタミア国のエンヘドゥアンナのお言葉です。ストールに入っていらっしゃる赤ちゃんたちは比類なきものです。最高の宝物です。私はその宝物を一時お預かりし、絶えず現世へ出ていらっしゃるようにしたかったのです。しかし……」

フはつらそうに瞼を閉じ、しばらく黙ってからそっと言った。「受け取ってくださるお母様は、なかなか見つかりませんでした」

「もちろん、将来ストールから出すおつもりでお預けになるお母様もたくさんいらっしゃいますが、人生はなかなか計画どおりには行かないものでございまして、お預かりし続けているお子様の方が、出て行かれるお子様より何倍も多くなりました」

そう言って、フは唇を固く結んで俯いた。「いずれの日にか皆様に産みの母を見つけて差し上げるよう誓いながらも、スカーフにどんどん布を継ぎ足し、長年縫っているうちに、今ごろんになっているような長いストールになりました。ストールの中ではできるだけ時間の流れを制限はいたしましたが、年が経つにつれて少しずつ胎児は赤ちゃんになり、赤ちゃんは幼児になり、アサヒ様の場合には、三歳ほどにもなってしまいました」

「アサヒ……」

恐る恐る聞いた。「アサヒはストールに何年いるの？」

フは目尻に優しい笑みを浮かべた。

「アサヒ様は最古参のお子様ではいらっしゃいませんけれど、それでも相当前から叶わない世界にいらっしゃいます。お利口なためか、育つのもほかのお子様たちより早いようで、大変困っております」

「だから、何年生まれ、いや、何年に入ったの？」

フは首を横に振った。

「残念ですが、もう覚えておりません」

フは目を固くつむり、記憶を探っているようだった。「私の生涯は思い出すこともできないほど長いのです。お叱りを受けまして天竺《てんじく》を出たのがいつの時代か忘れてしまいました。それから砂漠を渡り唐に入り、とても長い年月が経ってから百済《くだら》から琉球王国まで船でまいりまして、少しずつ北上いたしまして平安京に滞在いたしました。しばらくして東海道を歩いて江戸に出まして、何年か暮らしてから最近はまたこの地方にまいりました。ああ、ずいぶん経ちます。アサヒ様をお預かりしましたのは確か、平安時代以降のことでしょう。ストールを何回も解けば、奥にはアサヒ様より長くストールにいらっしゃるお子様もいらっしゃいます。けれども、いつも新しい景色へと渡っていらっしゃいまして、新しくご入布《にゅうふ》なさったお子様のお世話をなさいますのはアサヒ様だけでございます」

私は狼狽した。フが真面目な口調で語るこの話はどう考えてもでたらめでしかないはずだが、なぜか真実らしく感じられる。これではアサヒの年齢を知るのは無理だけど、他にも気になることがあった。

「子どもは少しぐらいは出ていくんでしょ？」

「ええ、もちろんこの世に生まれ出てこられた恵まれたお子様もいらっしゃいます」

「アサヒはどうしてだめだったの？　すごくかわいいし、喜んでくれる人はいっぱいいるんじゃない？」

フはしばらく目を閉じて黙っていたが、ようやく口を開いた。

「あけみ様、私のストールがどんなに長いか、ごらんになりましたでしょう。何千人もいらっしゃいます。その尊いお子様の中で、この世に生まれてくることができたのはほんの数十人しかいらっしゃいません」

フの奥深い瞳には、心臓が苦痛で縮みあがるほどの悔しさが宿っていた。

私はショックで心臓が止まりそうになった。「数十人……だけ？」

「ええ、そうでございます」

「……だから、叶わない世界なのね」

「おっしゃるとおりでございます」

フはストールを手に取って、悲しそうに見下ろしていた。「お子様をお引き取りになる方に、選んでいただくことにしております。親と子の出会いは運命が決めるのでございます。本当なら、最高にかわいくて、とても利発でいらっしゃるアサヒ様が選ばれても何の不思議もないのですが……」

「じゃあ、どうして生まれて来てないのよ！」

フはしばらく迷っているようだったが、おもむろに口を開いた。

「アサヒ様はとてもかわいくて愛嬌のあるお子様ですが、何と申しましょうか……人種が異なるお二人、日本人とポルトガル人のお子様でいらっしゃいます。あいにく、私のどのクライアントにとっても、異人の子なのです」

「それは人種差別でしょう！」

フは穏やかな目で私を見つめたまま、黙っていた。

「わかった。それなら、私が引き受ければいい。今、すぐに！　お父さんはいいと言ってくれると思う。弟として育てる」

「あけみ様らしいお優しいご提案ですが、無理でございます」

「どうして⁉」

「アサヒ様が普通の人生をお送りになるためには、お母様のお体から生まれる必要がございます。それに、戸籍に入れる必要もございます」

　生まれる。

　私は自分の体を見下ろした。私にも、子どもを産む力があるはずだ。アサヒに、本当に会うためになら……ぎゅっと唇を噛みながらフを見上げた。

「私が……」

　フは目尻に皺を寄せて優しく笑いながら、ゆっくりと首を振った。

「ご無理でございます。あけみ様には、あけみ様の将来がございます。それに……」

「それに何よ。アサヒを産むためなら、将来は変えられる」

「そういう問題だけではございません。アサヒ様は……近年入布なさったまだ赤ちゃんのままのお子様たちとは異なるところがございまして……」

　フはまっすぐ私を見て、懺悔《ざんげ》でもするかのように静かな声で言った。「ストールの中に長く滞在したお子様を産むことは、特に叶わない世界で三歳児ほどにまでなったアサヒ様を産むことは……大変なのです」

「大きくなってしまったから？」

　フは首を振った。

「そうではありません。長くストールにいらっしゃる間にストールの世界に馴染み、実世界から遠く離れた存在になってしまうのです。胎児に戻って子宮にお入りになっても、実世界の新しいお母様のお体に馴染むまでは長い時間がかかります。その間、お母様は相当な苦しみに耐えなければなりませんし、妊娠期間が二、三倍も長引くでしょう。いちばん成長されたアサヒ様を産むのは……相当に困難でございましょう」

私の目には悔し涙が浮んだ。

「でも、だったらアサヒはどうなるの？　か、かわいそうじゃない！」

フは目をつむった。

「おっしゃるとおりです。おかわいそうでございます。赤ちゃんを、絶えず世界に送り出させていただくつもりでストールを縫い始めましたのに、かえってたくさんの赤ちゃんを偽の世界に閉じ込めることになり、ストールが伸びるごとに私の罪も重くなります。あけみ様、私めはとんでもない詐欺師でございます。私ほどひどい婆は、旧石器時代まで歴史をさかのぼってもおりません」

18　書初《かきぞ》め教室

「あけみ、どう思う？」

文化祭のパフォーマンスが終わってからは、書道部の活動は小康状態になっていた。クリスマスの前には一つだけ、書初め教室といって、小学校に行って小学生たちに「大きな志」や「新春の光」などを書かせるイベントがあったが、まだまだ先のことだ。

こんな谷間の時期に生き生きと部活に参加している者が一人いた。アムールだった。フに会ってからは大きく方針転換して、学校にも部活にも積極的に参加しだした。尾上のことなんか、もう念頭にない感じで、私はびっくりして、そしてほっとした。

一方、学校と塾と書道が生活の土台のはずの私は、フとアサヒのことを話した日から勉強にも部活にも興味が感じられなくなり、深く落ち込んでいた。

クラスでは、今は保健室の先生が結婚することで盛り上がっていた。私は優しくてなんでも相談に乗ってくれる稲枝先生が大好きなはずなのに、少しも興味が持てなかった。プレゼントを買うためにクラスの代表が集金を始めたけど、お金を渡すだけの簡単なことでも面倒で、プレゼントを買うのに貢献するのと、お札を床に捨てるのと、大した違いはないと考える恐ろしい自分を発見した。

フに、ストールからどうやって子どもを取り出したり入れたりできるのかはお父さんが知っていると言われたので、すぐに問い詰めたが、いつもなら秘密をスラスラとばらしてくれるお父さんは貝のように口を固く閉ざして教えてくれなかった。「忘れ物」の説明も、いつになってもしてくれなかった。理由を問うと、

「忘れ物については、問題が解決するまで何も言わないと約束したから、やっぱり話すのはだめだ。だけど、もうすぐ解決しそうだから……」

「フにそう言うように言われたんでしょ？」

と問い詰めると、お父さんはポカンとして首をかしげた。

「フさんには言われていないよ、そんなこと」

「嘘だ」

と冷たい声で言ったが、たぶん嘘ではなかった。お父さんより嘘が下手な人はいない。だとすれば、だれに言われたのだろう。

「私には、弟がいるの？」

アサヒをこれほど懐かしく思うのは、生まれないままストールにいる私の弟だからではないか。フに叶わない世界の説明を受けた日から密かに心に抱いていたこの疑問をお父さんにぶつ

けることにした。

「弟？」

お父さんは不思議そうに首をかしげて私を見つめたが、意味に気がついて慌てて首を振った。

「違う、違う。忘れ物とはそういうことじゃないんだよ」

何百年もストールにいるはずのアサヒが私の弟なわけはないだろう。でも、そうじゃなければ、どうしてこれほど親しみを感じるのだろう。

アサヒが大好きで、会えなくなったのも辛いが、いちばん辛いのは罪悪感だ。私は、アサヒがこれまで何年も無邪気に楽しんできた叶わない世界を、顔を見せることで台無しにしてしまったのだ。

考えるまいとしても、ある考えが黒く、醜く迫ってきた。アサヒにとっては、私はカザミと変わらない憎い女ではないだろうか。アサヒを捨てるつもりなど全くなかったのに、本人から見れば捨てたことになるのだ。

大事なアサヒに、私がカザミに対して感じるのと同じくらい激しく憎まれたら？

カザミと同じような女になるぐらいなら、死んだ方がマシだ。

それからしばらくは学校も塾も部活も最低限にとどめて、和室で少しずつ心から絞り出すように、アサヒに出会ってから叶わない世界で見てきたこと、アサヒと試していた遊びなど、とにかくその大事な時間の思い出として残せることはなんでも、延々と書き続けた。筆で半紙に書くには量が多すぎ、画用紙のノートを買って筆ペンでびっしり埋めていった。アムールのように絵が上手ではないから、ストールの中で見た美しい景色と、かわいい動物と、心を躍らせたアサヒの表情を言葉で細かく記録していった。

時にはフのいるキッチンに居座って、日常のストールも参考にしてメモを書いていたが、ある日、フは「あけみ様、申し訳ございません」と言ったかと思うと、ストールの上に手をかざして全ての景色をぼやかしてしまった。

「なんで！」

と叫ぶと、

「あけみ様、このように傷口に触れられますと、ますます深く、辛くなるばかりでございましょう。あけみ様が心配でございます」

それからも何日かストールの思い出を書き続け、とうとう書くことが何もなくなってしまった。その後、和室にはまったく入らなくなって、無意味な日々を呆然と過ごした。

不思議だと思った。この秋ずっと悩んでいたこと、フの詐欺、お父さんの洗脳、アムールの精神状態……いずれも今は解決済みのはずだ。フは確かにお父さんに大きな影響を与えているようが、金銭目的の詐欺でも新興宗教でもないらしい。お父さんはいつもより落ち着いているように見える。頻繁に来ていたカザミの手紙も急に減ったし、フが詐欺師ではないと結論づけた今は、もう開ける必要はない。アムールは元気そうで、それはどう考えてもフのおかげだ。私は、ほっとして胸を撫でおろすべきだろう。でも、アサヒに会えなくなったことと、アサヒを裏切ったことは、傷口に擦《す》りこまれた塩のように心を蝕《むしば》んだ。

お父さんは私の苦悩に気づいているらしい。折り紙やおもちゃを持ってきたり、机に向かって呆然としている私の髪を撫でまわしたりして慰めようとした。

ある日、お父さんは添付ファイル付きのメールを「見て、すごいだろう！」という得意げなタイトルで送り付けてきた。

「古い僕を卒業しようと努力しているよ。見て。あけびが認めてくれそうな記事を書いてみた」

怪訝《けげん》な気持ちで開けてみると、埋め立て地をもっと活用すべきだという平凡な記事が画面に現れた。

普通のことができただけで得意になっているお父さんが憎たらしい。私は辛辣な評論家みたいに目をキッと吊り上げて、情け容赦なく酷評する文章を書いて返信した。お父さんから、しょんぼりした姿勢のウサギの絵文字がポツリと返ってきた。

十二月初めのある日、私は机に折り紙の燕を置いたお父さんを呼び止めた。お父さんはベッドに腰かけ、首をかしげ、優しく、なんとなく間抜けた感じで笑いかけてきた。

寂しさの重みに耐えられなくなり、ついにアサヒのことを打ち明けた。ストールの世界を発見した夜から、フに鍵をかけられた夜まで、アムールの話だけ伏せて全部話し尽くしてから、顔を腕で隠し、音を立てずに胸を波打たせて、激しく泣いた。お父さんの前で泣いたのは、保育園の時以来で恥ずかしかったが、仕方がなかった。

「お父さん、お願いだからフを説得して。お父さんも叶わない世界を楽しんでいたんでしょ？　私だけが見えないようにするなんて、ひどいよ。ね、お願いだからフと話して」

顔を机に伏せたまま、なかなか答えてくれないお父さんの言葉を待ったが、沈黙が長引くにつれて求めている答が出ないのがわかった。

「あけびの気持ち、すごくよくわかるよ」

お父さんは少し躊躇してから続けた。「アサヒのことは、最近フさんが聞かせてくれた。フさんはね、あけびがアサヒに会っていることにずっと気づいていなかったんだ。気づいていたら、こんなつらいことになる前に止めたはずだから。ストールからどうやって取り出すのか、あけびが知りたいのもわかるんだけど、無理なんだ。だから忘れるしか、ないんだ」

お父さんはそう話しながら私に近づいて、安心させようとそっと肩を叩いたが、私は激しく振り払った。

「もういい！　あっちへ行って！　お父さんは『忘れ物』探しで忙しいんでしょ？　ね、あっちへ行ってってば！」

お父さんはもう一度ギュッと私の肩を握ってから、何かをつぶやきながら部屋を出ていった。

鍵かけ事件の前は毎日部屋で縫い物ばかりしていたフは、ストールを閉じた日からは急に日課を変え、長い時間出かけるようになった。夕飯の準備には間に合うように帰って来たが、ギリギリの時もあり、ごはんが遅くなった時も二、三度あった。彼女が作る料理は相変わらずおいしかったが、以前のように豪華ではなくなっていた。アサヒの産みの母探しだろうか。無理だとわかっているはずなのに。

なにもする気がしない時間が、泥沼の上を這うカタツムリのように気持ち悪く、重苦しく流れていった。アムールといる時だけは元気を装ったが、他の時間はほとんどなにも考えずに過ごした。あれほどおいしく食べていたフの料理は味がわからなくなり、尊敬している塾の先生の授業もぽかんとした顔で座っているだけで、スマホが毎日提供してくれる気晴らしのツイッターやインスタの内容さえ見なくなった。

十二月中旬になり、朝に薄すぎる服装にしてしまうと一日中寒さで震える日が続いた。これまでは、たとえ薄着でも動き出せば血が巡りだして温かくなったのだが、急に冷え性になったようで、アムールに顔が青いと指摘されたほどだった。痩せぎすで冷え性のアムールは、学食の電子レンジで生姜湯をチンしてくれたりしたが、凍った心には届きそうになかった。

「あけみ、恋の悩みでもあるの？」

アムールに聞かれて苦笑したが、あとで思い出して、似たようなものかもしれないと考え直した。アサヒを思って感じているのはもちろん恋ではないのだが、会えない人に会いたくて仕方がない気持ちは恋にそっくりだろう。

いろいろなことを悩んだり、考えたりしているうちに、書初め教室の日になっていた。こんなに呆然と生きていても、時間は流れていくものだ。

子どもの相手をするのは、アサヒのことでつらいだろうと思ったが、やり始めると子どもたちに囲まれて、癒される面もあった。去年は子どもたちを前にすると照れくさくなって、手を取ることはできなかったが、今年は赤ちゃんをあやすアサヒを思い出して小さな手をしっかりと取って一緒に文字を書いた。その時、久しぶりに書道に対する純粋な喜びがあふれてきた。

直樹という子の手を取り、「新」の字を書かせている時に、突然、その漢字の大きな、古《いにしえ》からの流れに気づいた。「新」はたくさんの時代を経て、たくさんの人の筆によって変化しながら私の手に伝わってきた字だ。同じ「新」は直樹の手を握った私の指から伝わり直樹のものになる。直樹の筆先から新しい「新」が生まれ、流れがつづく。私が今やっていることに意味はあると感じた。私の知識が、直樹がこれから書く文字の力の源になるような気がした。

メソポタミア国のエンヘディアンナの言葉を思い出した。

「入ってくるものは……比類なき……出ていくものは……絶えることなき……」

子どもたちの持っている比類なき可能性が、私の手のような、あるいはストールのような、あるいは女性の体のような媒体を通過し、世に出ていくのだ。

束の間、私はうんと高いところからその流れを見下ろしている心境になった。

「あのう、お姉さん、大丈夫ですか」

直樹が怪訝そうな目で私を見上げていた。我に返って手を見下ろすと、直樹の手をギュッと握ったまま私の動きは止まり、直樹がせっかく書いた「新」の最後の一画は、哀れにも黒い墨汁の溜まりになっていた。

「あ、ごめんごめん！　悪かったね。もう一枚書こう」

フは、アサヒを産むことは長くてつらいと言っていたが、産めないとは言っていなかった。私には、アサヒを産むことができるのだろうか。機能的にはできるはずだが、二年かかるかもしれないし、三年かかるかもしれない。大学受験という大事な時に体を壊すかもしれないし、苦しい妊娠期間は大学の時も続くのだ。受験のころに安静にしなさいと医者に言われたら、どうすればいい？

だから無理だとわかってはいたが、暇さえあれば、どうにかしてアサヒを産むことができないかと頭を巡らせてしまう。学校では、同級生を見定めた。いじわるな芦田やかっこいい三浦、だれよりも大乱闘スマッシュブラザーズがうまいと言われている山野、照れ屋でよく躓《つまず》く中谷……今周りにいる人たちの何割かは結婚して、あるいは結婚しないで、父や母になるだろう。躓く中谷はうちのお父さんのような、間抜けていても優しい父になるだろう。芦田はカザミみたいな最低な母親になりそうだ。

同級生たちのうちに、子どもが出来ても産まない人もいる。ネットで調べて、中絶経験のある女性は十人に一人だと知った時、目を剝《む》いた。その子どもたちは日の光を見ずに死んで、忘れられていくのだろうけれど、そのうちのごくわずかは、フの働きでストールに入るのだろう。そのうちの、非常に運のいい何人かの子は、奇跡的に生まれ出てくる。

そのごくわずかの子のうちの、ごくわずかの奇跡の子のうちに、どうしても、どうしても、アサヒを入れたい。ストールの中では見られない世界の素晴らしさを見せたい。男の子が大好きなはずなのに、フの古めかしい世界にはないもの——新幹線の窓を目まぐるしい速さで過ぎていくさまざまな風景。ゲーセンで運転できる珍しい乗り物の数々。すばらしい術を使ってバトルするマンガの主人公たち——を見せてあげたい。

それに、ストールの世界にはない素敵な食べ物。おもちゃだらけのお子様ランチ。鰹節《かつおぶし》が熱さで踊り狂うお好み焼き。真夏の日に喉と額を痛めるほど冷たくて甘いイチゴ味のソフト……。

ストールの中のアサヒは赤ちゃんとばかり遊んでいるんだけど、面白い話や経験を分かち合える同年代の仲間を持てたら……一緒に遠足にいってカブトムシを捕まえたり、お弁当の好きなおかずを見せ合ったり、野球の試合に勝ったり負けたり、馬鹿な歌を歌って笑い転げたり、好きな女の子の名前を言われて照れたりできるだろう。

今は思いつかないが、一万もあるはずのこの世界の楽しみ方を、全部させてあげたい。たとえ芦田が母親でも、その愛しい黒い目に、世界の全部を見せたい。

芦田の子になってしまったら、スーパーで目を離した隙に誘拐して、二人でポルトガルへ逃げて、ポルトガルで教養があって字をきれいに書く男性と結婚してアサヒの父親になってもらって……。

「あけみ！　ミセス・ジョンソンが質問しているんだよ！」

アムールに突っつかれて、ミセス・ジョンソンに期待する目で見られていることに気づいた。ゴリラが人間とどう違うかという課題に、準備していた答えを、発音に注意して言った。

「ノット・ウエア・クローズ」（服を着ないこと）

言い終わらないうちに、同級生たちが爆笑したから、顔が真っ赤になった。質問は「アメリカに行くことができたら、真っ先に何をしたいか」に変わっていたのだ。


その夜、鍵がかかっているのはわかっていたが、連絡ドアのところに行って、ノブを押し、アサヒに会うルートが遮断されたことを確かめた。そして、へなへなと床に座り込み、お父さんのイビキをBGMに、少し泣いた。

フが天竺からきた神のような女で、ストールの中の子が胎児だなんて、突飛すぎる話だ。ただ、アサヒを含めて全部がフに見せられた幻覚だとも思えなかった。

もしものことだけど、もしストールの中の子どもが本当の子どもなら、フはどうやって中に入れて、どうやって取り出すのだろうか。フもお父さんも教えてくれない。八重樫綾香なら知っているはずだが、他人だし聞かせてもらえるとは思えなかった。

アサヒを産むことも、アサヒを忘れることもできない。

アサヒは私のことを忘れているだろうか。大空をむなしく見上げて私を待っている姿を想像すると、やはり忘れてほしかった。

日が経つにつれ、フに対して感じていた怒りは、悲しみに変わっていった。

どうしても、アサヒの顔が見たかった。

ある夜寝られなくて、主寝室のドアの前に立った。フはどうせ寝ているだろう。それでもノックしないではいられなかった。

反応はなく、寝室に戻ろうとした。フに対して言うことはないし、アサヒを見せてくれるわけはないのだから。

そのとき、

「どうぞ」

と、あまり眠そうでない声がして、ドアが開けられた。

19　クジラ

フは微笑みながら私を部屋に入れてくれた。

私は床に座って、フが縫い物を再開するのを見ていた。ぼやかしたストールの刺繡はその時はフが私にも見えるようにしてくれたようだが、アサヒの顔はやはり見えなかった。

「ちょっとでいいから、アサヒを見せてください」

とかすれた声で言った。「ちょっとだけでいい。あっちから見られる心配はないんでしょ？」

フは針を止めて、哲学者のような深い目つきで私を眺めた。

「あけみ様は今、私めのせいでお心に深い傷を負ってしまわれています。アサヒ様をごらんになりたいお気持ちはよくわかりますが、ごらんになることは傷に刃を入れてえぐりまわすようなことになりますので、お断り……」

「見せてよ！　回復した姿を見たいの。私と外の世界を忘れて、仲間と遊んでいるところを、少しでも見ておきたい。これを最後にするから、お願い！」

言いながらも、ストールの見える部分を必死に探し回った。求めている顔が目に飛び込んだ時、顔から血の気が引いた。

今も、縁にいる。

アサヒは顔を上げ、期待を込めた目で大空を眺め、私を待っている。

「……」

フはしばらく針を動かし続けた。

「あけみ様、どんなにお慰めしたくても、気休めの嘘は禁物でございます。アサヒ様はもう外の世界は忘れることがないでしょう。叶わない世界の単純なおもちゃより、あけみ様の笑顔の魅力の方がはるかに強くて、たまらなく新鮮で面白いのです。ですから、今のアサヒ様を以前のアサヒ様に戻すことはできません」

フは灰色の布をバッグから取り出して、ストールの海の部分に合わせてピンで留めた。

「しかし、絶望することもありません」

とフは断固たる口調で言った。「あけみ様のおかげで、私は決意を新たにいたしました。今はアサヒ様を大事にしてくださる産みの母を探している最中でございます。今度こそ、何があっても見つけます。以前は努力が足りず、充分探していなかったのです。ですから、あけみ様、もうしばらくお待ちください」

フの言葉を聞きながらも、嘘だとわかっていた。使命を熱く語るフが、かわいいアサヒの産みの母を探してこなかったはずは絶対にないからだ。アサヒが生まれていないのは、どれほど探しても産んでくれる女性がいないからなのだ。

私はふと思い出した。小学校の時、私とお父さんは万博公園前の広場で、子猫の貰い手を探している年寄りの男性を見た。すでに閉園の時間を過ぎていて、広場にはわずかな人しかいなかった。お父さんに子猫がほしいとせがんだけれど、ノーと言えないはずのお父さんがその時は首を横に振った。年寄りの男性はそれからお父さんをコンコンと説得し、必死に子猫を引き取らせようとしたが、お父さんは動じなかった。

去ろうとする私たちを見て、子猫は「ミュー」と、一度、小さくても絶望に満ちた鳴き声を上げた。かわいい兄弟にはみんな飼い主が見つかり、自分も幸せになるために、一生懸命に頑張っているのに、選ばれなかった寂しさが伝わってきて、胸がジーンと痛んだ。フは何年も、その年寄りの男性の何倍もの努力をしているのだろう。アサヒに想像の限りのかわいい服を着せ、素敵な刺繍の背景を造り、子どもを選ぶ貴重なクライアントの説得にかかったことだろう。それでもアサヒだけが、公園の子猫のようにずっと残ることになってしまった。

深い悲しみに呑まれて、がっくりと肩を落としてベッドの側面に寄りかかった。

フはピンで止めた布切れをストールに縫い込んで、小さいハサミで糸を切った。そして、他のバッグから小さい黒いボタンを取り出して黒い糸で縫い込んだ。

クジラだ。

「では、あけみ様の元気を取り戻す風景をお見せいたしましょう」

そう言って、フは手をストールの浜辺の部分だけにかざした。

子どもたちは新しい仲間の存在にすぐ気づいた。ある一歳くらいの女の子は、ヨチヨチ歩いていって、お座りができる赤ちゃんの手を取って、クジラの方を見ていた。楽しそうな遊び相手が一頭増えて嬉しそうにしていた。

フは手先をストールに触れんばかりに近づけ、クジラの背中を撫でる仕草をした。クジラは嬉しそうにうごめいて、ヒレをばたつかせた。フは目を細め、今度はクジラの頭の上をグリグリと撫でまわす仕草をした。噴気孔が現れたかと思うと、真っ白い水が噴き出してきて、浜辺で見物している子どもたちをびしょぬれにして喜ばせた。

クジラは目をパチクリさせてからまた潮を噴いて泳ぎだした。浜辺に並んでいる子どもたちは歓声を上げたが、お座りをしていた赤ちゃんはびっくりして喚きだした。

私は一瞬悩みを忘れて、「ふふ」と笑ったが、すぐ顔が曇った。一歳くらいの女の子は泣く赤ちゃんをうるさがって、離れて行ってしまったのだ。

アサヒなら慰めたのに！

「私がアサヒを産みます」

クジラの潮のように、その気持ちが私の心から噴きあがった。

「お願いだから、産ませてください！」

言い終わらないうちに、フはサッと手をかざして浜辺を布に返した。そして、しばらく黙り込んでいたあと、こう言った。

「あけみ様、これからはつらい日々が続くでしょう。これまで以上につらい日々……かもしれません。でも、今はどうぞお休みください」

フの言葉の意味はわからなかった。アサヒと別れたこと以上につらい経験が私を待っている？

20　忘れ物の正体

ところが、ちょうどイブの日に、私が作りあげた沈黙の世界を揺るがすことが起きた。

その日は放課後アムールと二人だけで岡本駅近くの喫茶店でささやかなクリスマスパーティーを開くことになっていた。アムールが、尾上にはもう未練はないけれど、イブはやはり一人で過ごすのは寂しいと言ったからだった。私こそ、一人ではやりきれない気持ちだった。

学校に行く前にリビングへ行って、神戸港を見下ろす大窓から空模様を確認するのが私の習慣だった。ちょうど書斎の前を通った時、普段ならお父さんがまだ起きていない時間なのに、お父さんとフの笑い声がした。

立ち止まって聞いていると、不吉な言葉が聞こえ、悪寒が走った。

「やっとあの頃の忘れ物を取り戻すことができそうですね、フさんのおかげで！　お金なんか問題じゃないですよ。そうですよ、僕もあの時の幸せを取り戻すことができるなら、もう一円も要りません！　ああ、今の僕は、本当に幸せです！」

お父さんの声は涙声になっていた。

フが何か言っていたが、いつものように遠慮深い呟きなので、何を言っているかはわからなかった。

「ああ、なんて嬉しいんだ。今日のパーティー、すごく楽しみにしています」

フは「私も」みたいな相槌《あいづち》を打ったようだが、よく聞こえなかった。

私は静かに書斎のドアを離れ、寝室に滑り込んだ。

天気のチェックもせずに玄関を出た。神戸市の天気はわからないが、心の中は大嵐だった。

詐欺師じゃないと結論づけたフは、やっぱりお金目当ての詐欺師だったのか？　子どもの命を救い、その母の形見であるたくさんの重いバッグを持ち歩くのは趣味にすぎなくて、本業はやっぱり詐欺だったのか。

ありえないと思った。でも、それならどうしてお父さんが急にお金の話をしていたのだろう。フは、アサヒの産みの母探しに失敗し、代理母でも買おうと思っているのかしら。

次々と突飛で卑しい考えに頭を巡らせながら登校した。

お父さんは「お金なんか問題じゃない」と言っていた。私は神経質になり、学校にいる間にも銀行口座を何回かチェックした。お金の動きはなかったが、大して驚かなかった。忘れ物の取り戻しに使われるお金は直接カザミの口座から引き出されるのだろう。

今夜には忘れ物の正体がわかる。もし詐欺なら、今夜にはようやくトリックがわかる。フが仕掛けた詐欺なら、ひどく複雑でわかりにくい詐欺に違いないのだが。

アムールとイブを祝った。少しも楽しくなかったが、笑顔を作って一緒に食べたりおしゃべりをしたりした。せっかく元気になったアムールには楽しいイブを過ごさせたかった。

クリスマスケーキを食べて、笑顔のままアムールと別れることができた時にはほっとしたが、マンションで待っていることを思うと、イブの黄昏《たそがれ》は憂鬱なサングラスをかけたかのように絶望の暗闇に見えてしまった。


何が待っているかしれないマンションのドアを開けると、お父さんが玄関ホールまで迎えに出ていた。

「あけび！　遅いじゃないか。みんな、待っていたんだよ」

「……みんな？」

「さあ、ダイニングに来て！　とても素敵なクリスマスプレゼントが待ってるよ」

「そうなの？」

私は眉をひそめた。このクリスマスプレゼントこそ、私とお父さんの災いの元で、これからお父さんが返してもらう「忘れ物」なのだ。

「早く早く！」

「ブーツぐらい脱がせてよ」

私は震えだそうとする手を固く握りしめ、鼓動を早めようとする胸を抑制してからダイニングルームに入った。

ダイニングルームは華やかに飾られていた。テーブルには三段のクリスマスケーキがあり、ご馳走が並んでいた。サーモンのキッシュ、ローストビーフにスモーク・ターキー、オニオンスープ、シーフードサラダ、カナッペ、バゲット、何種類ものフルーツとチョコレートにシャンパン。フの手作りのものもあったが、デパートから取り寄せたらしいものもあった。

テーブルの右側にフが座っていたのは予想どおりだったけれど、左側の席に女性が座っていたので、びっくりした。

とても綺麗な女の人で、どこかで見たことがある。そう、馴染みのある顔だが、どこで会ったのか思い出せない。黒目がちの大きな目に透き通るような肌と、まっすぐな鼻筋。唇は人形が嫉妬を感じるほどチャーミングだった。真っ黒な髪は艶やかで、まるでシャンプーのCMのよう。肌もCM級だ。ワイングラスを持っている手は細くて白い。ぴっちりしたトレーナーの下には豊かな胸の曲線が見えるのに、体は折れそうなほどすらっとしていた。

……ちょっと待って！　CM級の美人？

まさか。

女の人は私を見て、手に持っているワイングラスをゆっくりとテーブルに置いた。

否定したくても、もう否定できない。お父さんがフに買わされた「忘れ物」とは、カザミなのだ。

「あけびちゃん」

フは私とカザミを交互に眺めて、様子を見ていた。

「あけびちゃん」

カザミはすすり泣きながら、テーブルの端に置いてあった白いブランドのバッグからシルクのハンカチを取り出して目尻を軽く拭った。

「お父さんは忘れ物と言っているけれど、あなたのことは一瞬も忘れたことなんてなかったのよ。手紙を読んでわかったでしょ？　私、やっと帰ってこられて……ね、ママ、やっと帰ってこられたの。あけびちゃん、きれいね！　お父さんが見せてくれていた写真よりもずっときれい」

お父さんは涙に暮れる女性の肩を抱いて、恥ずかしそうに私を見ていた。

「あけび、驚かないで。突然のことになったけど、最後まで帰ってこられるかどうかわからなくてね。あけびという大事な忘れ物を取り戻すために帰ってきたんだ。カザミの、いや、僕たちの大事な忘れ物を、失望させたくなかったんだ」

ようやく理解した。忘れ物はカザミではないんだ。詐欺にあった品物だとずっと思っていた「忘れ物」とは、私なのだ。

「私が忘れ物だとしたら、お金はどう関係してくるの？」

　私はカザミを完全に無視して、さっそくお父さんに聞いた。

　お父さんは虚を衝かれて、私を見つめているだけだった。

「今朝の話だよ！　忘れ物を取り戻すために大金を払うって！」

「……ああ、そのことか。Ｆさんにそういう話、していたんだね。つまり……」

　お父さんはチラッとカザミを見て、笑った。そして、二人だけの冗談を私に明かすかのように言った。「カザミが、台湾での女優の仕事を辞めて、これからはずっと神戸にいるということだよ。お金はもちろん貯めたものはあるけど、今までのような贅沢な暮らしはできなくなる。その代わり……これからは三人で暮らせる。だったら、お金のことはどうでもいいでしょ？」

「あけびちゃん」

　ドラマじみた声でカザミが言った。「私、本当はずっと、ずっとあけびちゃんのそばにいたかった。事情があって離れて暮らすことになったけど、これからは一緒よ。やっと一緒に暮らせるのよ」

　私は体が小刻みに震えていることに気づいた。どうして震えているのだろうと他人事のように思った。たぶん、怒っているのだろう。ひょっとしたら、ものすごく怒っているのかもしれない。

　声を出した覚えがないのに、私の声が冷たく言った。

「あなたと一緒になんか暮らしたくないよ。あなたが台湾に逃げて、下品なテレビドラマに出て、勝手極まりない生活を送っている間に、私は自分とお父さんの力だけで育ったのよ。あんたなんて、あんたなんて、さっさと台湾に帰ればいい」

「あけび！」

言い終わらないうちにお父さんが叫んだ。「お母さんに向かってなんてことを言うんだ！」

お父さんは唇を噛んで私を見つめた。

「カザミ、悪かった。ショックが大きすぎたんだ。あけびのせいじゃない。僕が悪い」

私は激しく頷いた。何回も頷いた。

「そう！　お父さんが悪い！」

フを睨んで付け加えた。「フも悪い！　カザミはもちろん、ものすごく勝手で、ものすごく悪い！」

私は震える指でカザミを指さした。

「私のことを忘れ物だなんて呼んでいるけれど、私はコインロッカーに預けっぱなしにして、その気になった時に取りにくるモノじゃない。私の方こそ、あんたなんか忘れたいよ。さっさと台湾に帰って！」

「あけび！　とにかく話そう。しばらく大変かもしれないけど、今日はクリスマスなんだ。仲良くケーキを食べようじゃないか」

「ケーキなんか要らない！　クリスマスって、恋人と過ごす日なのよね。勝手に楽しめば！」

そう言い捨てて、私は自分の部屋に駆け込んで鍵をかけた。そして、電気をつけずに、ほの白い天井を見上げた。白い天井以外のものが少しでも目に入れば、心が破裂しそうだった。

ダイニングルームは静かだった。

耳を澄ませ、動きをうかがうと、ささやきあう声が聞こえた。三人がテーブルに座って食事をしているらしい音がした。できるだけ音を立てないよう、慎重に食べているようだった。

ようやく三人はテーブルから立ち上がったらしく、皿を静かに片づけようとして、だれかがちょっと失敗する音が耳に入った。そのあとお父さんとカザミはキッチンを去っていったようで、フが皿洗いを始める音が聞こえた。その間、私はじっと横になっていた。

しばらくすると、ドアにノックの音がした。

「あけび、リビングに来て。カザミがね、自分が主役を演じたドラマを台湾から持ってきたんだ。みんなで見ている」

「……」

「ね、入ってもいいかな」

「……」

「……じゃあ、とりあえずフさんと三人で見る、ね。今夜は部屋でゆっくりしていいんだ。明日話し合おう。お母さんは、これからはずっと一緒だ。突然すぎてショックだったかもしれないけど、すぐ慣れるさ。ね、あけび」

お父さんが必死に返事を求めていることはドア越しによくわかったが、私は黙っていた。

「お父さんが悪かった。あけびの気持ちを全然理解していなかったんだ。でも、カザミの話を聞いたら、何もかもわかるよ。明日、僕たちの話を聞いてくれるよね？」

無理に前向きな口調で言って、お父さんはホールを去っていった。リビングから、「いや、まだダメだ」という声がした。

カザミの声ががっかりした口調で応じるのもかすかに聞こえた。しばらくして、外国っぽくて派手なテレビドラマのテーマ曲らしいものがスピーカーから流れはじめた。

ゆっくりとベッドに座りなおした。四年生の時に鉄棒で頭を強く打った時を思い出した。その時みたいに、いつか近いうちにものすごい痛みを感じるはずだが、いまはまだ何も感じなかった。やがて、痛みが、怪獣の牙のように頭に食い込んだ。

21　お父さんとカザミの話

クリスマスの朝、キッチンに出た。エプロンをかけて目玉焼きを作っていたのは、フではなく、カザミだった。

まだ朝も早いのに、メイクも髪も完璧で、水玉模様のチャーミングなベビーブルーのスカートと高そうなグレーのセーターは雑誌の広告から飛び出たみたいで温かみがない。

カザミは不安そうな顔で卵を見つめていたが、私に気づくと頬を緩めた。

「あけびちゃん、教えて。焼き加減はこれでいいの？　これでできあがり？」

「知らない」

カザミという女は、目玉焼きさえ作れないのか。

カザミは卵をひっくり返すのに失敗し、くずれた目玉焼きを皿に移して、仏頂面でテーブルに座った私の前に置いた。

朝ごはんは目玉焼きだけ、みたい。

「本当にごめんなさいね。私、朝ご飯を作ったのはあけびちゃんが赤ちゃんだったころ以来なの。朝はいつもメイクしてもらったり、台本を読んだりして忙しくて、コーヒーで間に合わせることが多かったから」

私は答えずに、持ってきておいた参考書を広げて見ているふりをしながら、焼きすぎて味のない目玉焼きを無造作にかきこんだ。一品しかなかったから、朝食はすぐ終わった。

「ご馳走様。部活に行く」

と冷たく言って立とうとした。

「まだ行かないで。まだ時間あるでしょ？　ちょっとだけ、聞いてほしいことがあるの」

とカザミは静かな声で言った。「これだけ聞いたら、もう私と話さなくてもいいわ。でも、これだけは話しておきたいの。何年も話したかったけれど、あけびちゃんが大人にならないと話せないと思って、私とお父さんは言わないことにしていたの」

私は中腰の姿勢でしばらく躊躇していたが、ため息をついて座りなおした。私の方も、責任を放棄した最悪の母親がどんな自己弁護をするか興味があった。

「よかった」

カザミはほっとした顔で、「コーヒー、淹れるね。コーヒーだけは上手に淹れられるの。現場のトレーラーにコーヒーメーカーだけは必ずあったから」

私はカザミが提供したコーヒーには手を出さずに、テーブルの向こうの美しすぎる顔をじっと眺めた。

「あけびちゃん、全部話しちゃうね。私は十七歳の時、あけびちゃんのお父さんと恋に落ちた。そのころは日本でポップシンガーの卵だったんだけれど、秋葉のカフェでお父さんに出会った。お父さんは、間抜けていても優しくてチャーミングで、好きになっちゃって……子どもができた。それがあけびちゃんなの」

「なるほどね。そして私が生まれてすぐ、私もお父さんも捨てて台湾に逃げたんでしょ？　その話、全部知っているから聞く必要ないよ」

また立ち上がろうとしたが、今度は後ろから肩を抑えられた。びっくりして振り向くと、パジャマ姿のお父さんが立っていた。

「あけび、最後までお母さんの話を聞いてやってくれ。あけびが知っている話とは違うから」

「違うなら違うと、最初から言ってよ。何年も黙っていたくせに、どうして急に言いにきたの？　ね、どうして？」

私の隣に腰かけてくるお父さんとテーブルの向こうのカザミを睨んだ。

カザミは立ち上がって、コーヒーをもう一杯持ってきた。お父さんの前に置いてから、細くて白い腕で私たちを抱こうとした。私は怯んでコーヒーをこぼしそうになった。

「勘弁してよ、ハグなんて。はっきり言って気持ち悪い」

「ごめんなさい」

カザミはびっくりして、腕を引き戻した。

お父さんが助け舟を出して言った。

「次は僕から話す」

そして、しばらくコーヒーのスプーンをもてあそんだ。

「悪かったのは、僕だったんだしね」

「お父さんが悪いわけないでしょ！」

と否定した。「私を捨てたのはカ……」

「まあ、とにかく聞いてくれ。カザミと僕の間に、君ができた。カザミは君を産むと主張したが、カザミには牧田というエージェントがいてね、君を……」

お父さんは言いづらそうにして、それから小声で言った。「君を堕ろさないとスターにさせてやらないと言ってカザミを脅した。カザミはまだティーンエージャーで、牧田は老練な芸能界のトップエージェントだったから、彼の言いなりになるしかなかったんだ。僕だって怖かったんだよ」

ふん。意気地なしのお父さんが怖がっていただけじゃないのとイライラした。

「牧田のエージェンシーに属している限り、カザミは子どもを産んではいけないと、契約書に書いてあったことがわかった。だから契約違反だと言って、牧田はカザミを脅したんだ」

お父さんはカザミを見て、カザミは頷いた。

「カザミは真っ青な顔で僕に相談にきた。僕たちは逃げることに決めた。そして、カザミは口座のお金を下ろしに出かけ、僕はその間荷造りしていたんだが、カザミはなかなか戻って来なかった」

カザミが興奮した口調で話を継いだ。

「銀行から出てくるのを、牧田に見つかったの。そして、無理やりタクシーに押し込まれて、婦人科クリニックへ連れて行かれてしまった。クリニックを経営している医者は俺の知り合いだから、抵抗しても無駄だと言われ、怖くて仕方がなかった。逃げ出すしかないと思って、ロビーの椅子から飛び上がった。それから……」

カザミは何かを思い出したように、腹を庇う仕草をした。

「牧田に足首をつかまれ前のめりになって、ガラス張りのテーブルに倒れ込んだの。おまけに、お腹がテーブルの縁に当たって……もう、だめかと思った」

私はギクッとした。「だめ」になったとカザミが思ったのは、この私だったはずだ。

「病院から連絡があって駆けつけた」

とお父さんが、当時の緊張を取り戻したような顔で言った。「カザミはお腹に包帯を巻かれていて、振り向いてもくれないし、話しかけても答えてくれない。ロビーには満足顔の牧田がいたんだけど、僕が父親だろうと見当がついたらしくて、流産だよと、ほくそ笑みながら言った」

「ちょっと待ってよ」

私は話を遮《さえぎ》った。「そんな話ありえない……」

「あけび」

とお父さんは、優しく笑いかけて、言った。「病院のロビーには、長い、長いストールを巻いている女性も、いたんだよ」

思わず目を見開いた。

「まさか……フ?」

お父さんもカザミも大きく頷いた。そして、お父さんは言った。

「あの悪党エージェントがいなくなってからすぐ、僕はフさんに話しかけられた。たまたま同じクリニックの待合室にいたと言って、『お子様は亡くなってはいらっしゃいません』と自信ありげに教えてくれたんだ」

お父さんの話を聞いているうちに、私は何がなんだかわからなくなってきた。この話の中で、自分は、いったいどうなっているのだ。

「フさんは僕を信じさせるために、ストールの中の世界を見せてくれて、どうしてもの時には赤ちゃんを預かることがあると説明した。それで、婦人科クリニックでカザミが転んだ時、僕たちの赤ちゃんをストールに預かったってことも」

「はあ!? あ・ず・か・っ・た?」

顔から血が引いていって、眩暈《めまい》がした。部屋がグラッと回りだし、テーブルの端を握った。

「あけび、驚いたと思うけど……そうなんだ。あけびもほんの少しの間、叶わない世界にいたんだよ」

「……」

「あれであけびは救われたんだ。牧田はカザミが流産したと思い込んだからね。カザミは三日間の入院を終えたが、ストールのことを話しても信じてくれなかったし、口さえきけなくなっていた。それで、僕はフさんと相談して、台湾のカザミの故郷へカザミと逃げることにした。そこで、フさんと僕は根気よくカザミにストールのことを説明した」

「そう」

カザミはアイライナーで美しく描かれた目で私に笑いかけた。「最初のうちはお父さんが騙されていると思っていたけれど、あなたがまだちゃんと生きていて、フさんの魔法で生まれてくるのを信じたくて仕方がなかったの。だからあのハサミで……」

お父さんは急にカザミの手首を握った。

「カザミ、その方法を伝えるのは禁物だよ」

カザミは慌てて黙ったが、ちょうどいい具合に涙を浮かべながら目を輝かせて続けた。

「とにかく、あけびちゃんは、産まれた」

私はただ呆然とカザミを見返していた。飲み込めないほどの情報の塊をどう処分すればいいかわからなかった。

「しばらくはカザミの実家に隠れて君を育てていたが、カザミが台湾にいて子どもを産んでいたことが牧田にバレちゃったんだ。僕らは知らなかったが、牧田エージェンシーは台湾にも支社があって、結構顔が広かった」

「それから訴訟になったの」

とカザミが、形の整った清い涙を優雅な手の甲で拭いた。「私の実家は貧しくはなかったけど、牧田が雇った弁護士に対抗できる弁護士は雇えなかった。だから結局……」

カザミが言いづらそうにしていると、今度はお父さんが話した。

「結局、僕があけびを日本に連れて行き、日本で育てることで和解した。カザミは一人台湾に残り、そこでポップシンガーとしてデビューし、それからメジャーなテレビドラマにも出るようになった」

二人は申し訳なさそうな顔で私を眺めていた。カザミが腕を伸ばして私の手を握ろうとしたが、私は手を引っ込めた。

「あけびちゃん、私たちの忘れ物は、家族だったの。私と、お父さんと、あけびちゃんが一つ屋根の下で暮らすことなのよ」

私は黙って、テーブルの下に隠した自分の手を眺めていた。叶わない世界の子、の手を。

やがてお父さんに向かって冷たく聞いた。

「テレビドラマが終わった時、カザミはどうして日本に戻らなかったの？　どうしてお父さんは私を連れて台湾に戻らなかったの？」

　お父さんは決まり悪そうに頭を掻いた。

「そのあとはね……」

「そのあとは、私が悪かったの」

　とカザミが静かな声で言った。「あけびちゃんには会いたくてしようがなかった。あけびちゃんは覚えていないでしょうけれど、最初の二、三年は何回か日本へ、あなたの可愛い顔を見に来た。でも、いつの間にか台湾で人気が高まってファンが増え、いろいろなプロジェクトに関わったの。それに、ずっと牧田エージェンシーに属していていたから、自由には動けなかった」

「カザミは僕たちの収入源にもなっていた」

　とお父さんは床を見下ろしながら言った。

　カザミはいやなものでも振り払うように何回か首を振った。

「あけびは日本で保育園に入り、小学生、中学生になり、僕もフルーティ出版の仕事が軌道に乗って、台湾へ引っ越すのが……難しくなった」

　お父さんは明らかにカザミを庇って付け足した。

「ふん」

　二人は一生懸命に取り繕っているけれど、結局のところ私がカザミに捨てられたことに変わりはない。

でも、より大きいショックで私は動揺していた。

私は、アサヒの世界にいたのか。アサヒを産もうとまで考えた私を、ひょっとすると、アサヒはあやしてくれて、おもちゃを作ってくれて、出ていった時には寂しがってくれたのかもしれない。すこしの間とはいえ、アサヒは、弟ではなく、お兄さんのような存在だったのかもしれない。

「私ね」

私の白昼夢に、カザミの静かな声が届いた。「フさんが神戸のマンションに来てくれて、『忘れ物』を取り戻そうとおっしゃっているとお父さんから聞いた時、心が大きく揺らいだ。これまでしていたことに何の意味があったのか、と疑い始めた。牧田エージェンシーに操られた自分がとても情けなくて、今が潮時、キャリアを捨てて日本に戻る時だと思ったの」

「僕はそれを聞いて嬉しかった。これまでは、たとえ牧田エージェンシーが憎くても、カザミがせっかく持っている才能を活かして欲しかった。輝いて欲しかった。僕と君はなんとなくバランスが取れていてうまくいっていたしね。でもフさんがペリカンを見せてくれて、やはり三人で暮らさないと本当の幸せはつかめないって気づいて……」

「待って。ペリカンって？」

忘れかけていたちゃちなペリカンのフィギュアが、ひょっこり会話に浮き出てきたからびっくりした。

「あ、そうか。あけびには話の最後をまだ話してなかったんだな」

お父さんはパジャマのポケットから見覚えのある馬鹿げたペリカンを取り出して、大事そうにテーブルの上に置いた。

「僕があけびを連れて日本に戻ってまもなく、フさんがまた現れた。そして、家族がバラバラではまだやり残したことがあるでしょうと、僕にその『忘れ物』の『形見』を渡してほしいと言ったんだ」

私は頷いた。フはそんな「形見」でいっぱいのバッグを二十個も持っているのだ。

お父さんは笑って、懐かしそうにペリカンの頭を叩いた。出来の悪いペリカンは倒れてしまった。

「かわいいだろう？」

「さあ……」

「僕とカザミにとって、これはとても大事なものだ。秋葉で最初にデートした時に、僕がカザミに買ったプレゼントだよ。それで、あけびが産まれるとわかった時、赤ちゃんにプレゼントしようと二人で決めた」

ペリカンは雑に塗りつけられた黒い目で私を見上げ、でかくて愚かそうな嘴で笑いかけた。何と情けない初デートだったのだろう。それに、こんなのを赤ちゃんに与える親はものすごく無責任だと思う。ペリカンはどっかの怪しい工場で量産され、赤ちゃんが口に入れたら足が壊れて喉に引っかかり、窒息するだろう。鉛入りのペンキかもしれないし。

「ずっと預けっぱなしですっかり忘れていたけど、ネットでフさんのことを見つけてマンションに招待した時に、思い出させてくれた。そろそろ三人家族で暮らす時じゃないか、と」

私は複雑な気持ちで、倒れたままのペリカンを眺めていたが、コーヒーを一口だけ啜《すす》って、テーブルから立ち上がった。

「フはどこ?」

と鷹揚《おうよう》を装って聞いた。

「フさん?」

お父さんは気まずそうに呟いた。「あけび、フさんを悪く思わないでくれ。フさんは昨夜、君にストールの話を全部教えてもいいが、そうしたら自分はいなくなった方がいいと言っていた。ストールに関わったことのあるあけびが、ストールの近くで暮らすのはよくないって」

私は、顔から血の気が失せるのを感じながらじっと立っていた。

「つまり、フは私の大事なアサヒを連れて逃げていってしまったんだね……嫌な人だけを残しておいて」

22
武庫川《むこがわ》のほとり

和室に麻のバッグが一つ置いてあり、中にノートがあった。開けて、むさぼるように読んだ。

あけみ様
私めは引越しいたします。何もございませんけれど、このバッグをどうかお受け取りください。ストールと同じ刺繡をいたしましたので、じっとごらんになるとこの小さい世界は動き出すでしょう。叶わない世界をごらんになったあけみ様には、このつまらない光景は何の慰めにもならないのを承知の上で差し上げます。

そこまで読んで、もしかするとと思ってバッグを取り上げて隅から隅まで、中も底まで注意深く覗いて丹念に探した。椿が咲き乱れるイギリス庭園風の光景で、雉《きじ》やキツネはいたが、アサヒの姿はどこにもなかった。
カッとなってバッグを壁に投げつけ、またノートを拾った。

あけみ様は今ごろきっと、お父様とお母様に対しましても、私めに対しましても、いささかご立腹でいらっしゃることでしょう。ごもっともですし、ご両親とすぐ仲直りなさるのはまことに困難でありましょう。しかし、私めから見ますと、とても素敵なご両親でいらっしゃいます。お父様は一生懸命にあけみ様を育ててくださいましたし、お母様も、離れて暮らしていらっしゃっても、あけみ様を忘れたことはありませんでした。あけみ様の生活を支えるべく懸命に努力してこられました。そして、まだまだお若いあけみ様にはわかりづらいかもしれませんが、有名人の生活を捨てて家族のところに戻るのは非常に勇敢で立派なことです。カザミ様がその素晴らしいキャリアより、娘様の方をお選びになったことを忘れずに、優しく接して差し上げてください。

私めはアサヒ様の産みの母を探しに、もう一度出かけてまいります。今度こそ、きっと見つかると思いますので、ご安心ください。アサヒ様の明るい未来を楽しみにすると同時に、あけみ様の幸せを心よりお祈り申し上げております。

城守《チェン・フ》

フは、守、なんだ。何の漢字か初めてわかった。

カザミが戻る前には、アサヒを失って最低な気分になっていると思っていたのに、最低よりさらに低いところがあったんだ。もう、だれも信じられなくなってしまった。間抜けていても好きだったお父さんは、カザミに娘よりキャリアを優先させ、私から母親という存在を（いらない母だけど）奪った。カザミも、複雑な弁解をしているけれど、結局のところ私を捨てたことに変わりはない。

フは産まれる前の私を救った恩人だ。しかし、その後私とお父さんを放っとけばいいのに、「忘れ物」を取り返させようと家に入り込んで来た上に、うっかり私にストールへの関心を持たせてアサヒに再会させてしまい、アサヒを好きになった時には、産まれる前からできていた私たちの大事な絆を断ち切った。そして、アサヒが一時でも私のお兄さんだったときがあったとわかった今は、私の手の届かないところに連れて行ってしまった。

会いたい。そんなフであっても、すぐに会いたい。それに、フはアサヒとの繋がりだ。絶対に追っていかなければならない。

私は洋服や教科書、タブレットや充電コード、風邪や頭痛の時に使う薬や歯磨き粉などをデイパックに詰め込んだ。そして、廊下で待ち構えていたお父さんとカザミを押しのけて和室に入った。

フを見つけたとしても、思いどおりにはならないだろう。だから、心構えができていなければならない。

禅宗の僧である慧可《えか》が達磨《だるま》に教えを乞うた時、達磨は壁に向かったまま何も言わなかった。

だから慧可は決意を示すために左腕を切り落とした。その逸話を四字熟語にしたのが、慧可断臂《えかだんぴ》。たとえアサヒを産むのが腕を切り落とすほどつらい行為であっても、今は覚悟ができているつもりだ。

後は急ぐけれど、今は落ち着いて書を書きたい。道具を取り出して、和紙を文鎮で抑える時の自分の手つきは、ナイフを取り出して腕を切り落とす準備をしている慧可と同じく安定していた。

背筋を伸ばして、一気に書いた。

慧可断臂

一つ一つの線はあるべき形になり、あるべき太さで、あるべき位置に現れた。

書を壁に掛けて道具をしまい、部屋に戻った。さっきまで胸を塞いでいたわだかまりはなくなり、空気を大きく吸い込む余裕があった。

私はクリスマスの三宮の街をブラブラと歩いていた。

デイパックを背負って、右手には、唯一の手がかりであるフが置いていったバッグをぶら提げていた。バッグの中には財布とスマホのほか、銀行の通帳とＩＣカード、キャッシュカードも入っていた。

お金は、心配しなくていいはずだ。あんなに私のことを大事だと言っていたカザミが、私の口座を解約するはずはないから、ホテルででも暮らして十八歳になるのを待てばいい。十八歳にさえなれば、カザミとは関係ない存在になる。その時にアルバイトを始めて、自分の方から口座を解約する。大学の学費はアルバイトで稼げばいい。

だから、家出は問題ない。

問題なのは、いなくなったフとアサヒをどうやって見つけるかだ。

今三宮に来ているのは、フが天井裏で暮らしていたスナックを探し出すためだ。店の人に聞けば、フが天井裏で暮らす前に何をしていたかわかるかもしれない。

晴れ渡った空の寒いクリスマス・デーで、三宮は賑わっていた。私はバーやスナックが多い裏通りをさまよった。スナックを見つけられるかどうか自信はなかった。記事を読んだのは、もう三か月も前のことだったし、スナックの名前は書いていなかった。しかし、いくつかのコンビニで聞き込みをしていると、「トイレの天井から落下」という記事を覚えている人はいた。そのうちのあるおじさんが店の名前と場所を知っていた。

行ってみると小さなスナックだった。午後五時から開店と書いてあったが、思い切ってドアを叩いた。根気よく叩き続けていると、ドアが開き、ヒョウ柄のトレーナー姿の中年女性のイライラしきった顔が現れた。「五時からだと下にはっきりと書いてあるでしょ」が挨拶だった。

フのことを聞くと、

「あのおばあさんの親戚なの？」

と冷たく言い放った。「トイレの天井が崩壊したあと、タンクの水の流れが悪くなったし、シンクに大きなヒビが入ったのよ。親戚なら弁償してほしいわ。あ、それから……」

これは危ないと思って、戦略を変えた。

「親戚ではありません。実は、私も被害者なんです。大事な忘れ物を騙し取られたんです」

スナックの女性がこんな話が理解できるはずもないのに、皮肉を込めて言った。

さすがに、「？？」と、眉を吊り上げた怪訝そうな顔で見られた。

「大事なものを、騙し取られたんです」

と言い直した。「それで最近姿をくらませたので、困っているんです。だから、なんでもいいですから、あのおばあさんの行方がわかる手がかりになるような情報がほしいんです」

真っ赤な口紅をつけている女性の硬い唇が和らいだ。

「あら、そう。やっぱりね。でも、私は何も知らないのよ。あなたに聞きたいぐらい」

そう言って、スナックの女性はバンとドアを閉めた。

スナックを出て、どうすればいいか考えた。

フには、お金があるのかな。カザミに礼金を渡されたかもしれない。いや、渡されても断ったに違いない。大都会の大阪も近いし、消えたければすぐに蒸発できるはずだ。

そんなことを考えているとブラックな気分になりそうだから、やめた。フはまだそう遠くないところにいると考えよう。そう考えなければ、心が真っ二つに裂けて、子どもが落とした夜店の飴《あめ》のように歩道いっぱいに砕け散りそうだった。

ふと、手がかりがもう一つあることを思い出した。記事には、スナックで暮らす前のことも書いてあったっけ。

たしか、武庫川《むこがわ》のほとりで青いビニールのマイホームに住んでいたとか書いてあった。そのマイホームを撤去されてスナックに移ったという話だった。

「武庫川のほとり……青いビニールのマイホーム」

つまり、ホームレスだったんだ。だとすれば、もし武庫川のほとりで「マイホーム」を設けているホームレスの人がほかにもいれば、フのことを覚えている可能性がある。ビニールテントの暮らしをしているおじさんたちにフのことを尋ねる？　果たしてそれほどの度胸が私にあるかわからなかったが、武庫川のほとりの散歩は悪くない。そう思って、私は阪神電車に乗った。

太陽は西の山の近くまで沈んできた。風は冷たかったが、それでも広い河原を歩いている人がいた。お出かけから帰る家族やジョギングをしているおじさん、犬に散歩をさせているおばあさんや子連れのお母さんも見かけた。

朝家を飛び出した時、コートは着込んでいたが、帽子は忘れてきた。歩いているうちに耳の中がジーンと痛みだし、半分つむった目から冷たい涙が零れた。

武庫川は長かった。歩いても歩いてもどこにも着かない。ビニールテントも見当たらない。フもマイホームを撤去されたと言っていたから、他のホームレスの人たちもここを出て行ってしまったのかもしれない。

すっかり暗くなったので、いったん諦めてネットカフェへ向かった。

それからの一週間は、ネットカフェで寝起きをしてアサヒとフ探しに明け暮れた。

心配したお父さんとカザミから何度も電話やメールがあったが、「フとアサヒを捜索中」とだけ返信した。

フが暮らしていたスナックのある三宮と「青いマイホーム」のある武庫川近辺の全ての駅で降りてみて、薄汚いスナックや線路下のちょっとした空間など、フが身を潜んでいるかもしれないと思われる場所は隈なく探し、町を歩く人にも聞き込みを繰り返した。しかし、スニーカーとジーンズが埃で茶色く汚れただけで、フの気配はどこにもなかった。

それもそのはずで、フがまだ神戸にいる証拠はなにもないし、フほどのやり手が隠れようとすれば、見つかる見込みはないだろう。

しかし、夜どんなにクタクタになっても、また早朝に出かけてしまう。

慧可断臂だもの。

大晦日も、お正月準備や買い物で忙しい神戸や西宮を、曇った空の下で一日中歩いた。

そのお婆さんに出会ったのは、武庫川のほとりの、何の特徴もない長い散歩道をぐったりして歩いているときだった。

「お嬢さん！」

手を振って私を呼び止めたのはシルバーカーを押すお婆さんだった。服をいっぱい着込んでいて、帽子とスカーフと半纏《はんてん》の中から、ミイラのような小さな顔が覗いていた。歳は百歳より上かも。シルバーカーのハンドルを握る指の関節と血管がしなびた手から浮き出ている。

「お嬢さん！」

呼びながらよたよたと近づいてくる。困ったことでもあるのかと思って、歩み寄った。

「お婆さん、大丈夫ですか」

「大丈夫、大丈夫」

お婆さんはせっかちに手のひらを振ってみせた。

「お嬢さん、その鞄、どこで手に入れたの？　それ、シュンオンジのばあさんの鞄でしょ？」

私はフのバッグを見下ろした。

「シュンオンジのばあさん？」

お婆さんはバッグをつかんで、顔に近づけた。

「やっぱりそう。この椿模様、ばあさんがよく縫う模様。お嬢さんはシュンオンジのばあさんを知っているの？　私、何年も探しているのよ。いまどこにいるの？　預けてあるものがあるのよ」

預け物!?　このお婆さんは頭が確かなのかな。若いころから預けてあった胎児を、まさか、今になって産む気でいる？

「シュンオンジって、お寺のこと？　どこにあるんですか？」

しかし、その時お婆さんの顔から突然、表情がなくなった。目から灯が吹き消されたようだった。

「あなた、だあれ？　フミコさん？」

「私は相川あけみですけど……。シュンオンジってどこにあるんですか？」

お婆さんはうつろな目で私のバッグを見つめていた。

「椿。きれいね。私、その鞄、ほしい。くれる？」

「いつフさんに会ったの？」

無駄とは知りながらも質問し続けた。

「フさん？　釜山《プサン》には行ったことないわよ」

お婆さんは私の顔を不思議そうに見上げた。

「寒いのう。うちに帰りたい。うちに連れてって」

私は河原を見渡した。このお婆さんには連れがいないのかなあ。

結局お婆さんを連れて交番を探すことにした。スマホの地図によると、二百メートル先に交番があるようだった。

そこを目指して歩き出したが、お婆さんの歩みはかたつむりでも閉口するほど遅かった。このままでは交番に着かないうちに春が来そう。だからお婆さんをシルバーカーに座らせて、押すことにした。

押している間に何回もフのこととシュンオンジのことを聞いたが、「あら、そう。しゃもじを買いにいくの」とか、「シンオジサンは満州に行ったまま音信不通。あれから十年も経つけど……」とか、わけのわからないことしか口にしなかった。

心が重くなった。シュンオンジのこともきっと遠い昔の誤った記憶。万が一本当にフを知っていたとしても、何十年も前の話で、フの今の行方を知るのには役に立たない。

ようやく土手を上がって交番に近づいた時、思いついた。

いけない。お父さんがもし捜索願を出していたら、警察で顔を見られてはまずい。

確かめなくちゃ。思い切ってお父さんに電話した。

「もしもし、お父さん？」

「あけび！」

よかった。カザミなら切るつもりだった。

「この一週間、いったいどこにいるんだ。ね、三人で話し合おう。カザミはあけびが出て行ったのが自分のせいだと言っていて、すごく取り乱しているんだ」

「カザミのせいだから仕方がないでしょ。私はフとアサヒを見つけるまで帰らない。だから捜索願なんて出さないでね」

「そんなの出してないけど、それより、今どこにいるか教えなさい！」

私は苦笑した。

「シュンオンジの近くにいるよ。じゃあ、切る」

「待て！　大事な話があるんだ。あけび、切っちゃ……」

私は終了ボタンを押して、スマホをフのバッグに落とした。交番まであと十メートル。このお婆さんを預けてから、西宮駅の近くでネットカフェを探そう。

交番に辿り着いた時には、空が暗くなり、街灯が灯っていた。中にはお巡りさんが座っていて、忙しそうに何か書いていたが、びっくりして私たちを見上げた。

「あのう、このお婆さん、武庫川のほとりを歩いていたんですけど、お家がわからなくなったみたいです」

お巡りさんは私たちをぼうっと見ていた。

「あのう、たまたま歩いているのを見かけて、危ないと思って連れてきたんです」

「なるほど……それじゃ、書類を書いてもらおうかな」

私が書類を書いているそばで、お婆さんはお巡りさんが入れてくれた緑茶を嬉しそうに啜っていた。家族がすぐ見つかるといいけど。

突然、お婆さんが言い出した。

「えっ？　私、どうしてここにいるの？」

「あなたは武庫川の河原を散歩していて、迷子になったのですよ。お名前は？」

「……」

お巡りさんは困った顔をした。

「お名前は？　ご住所と電話番号は？」

「……」

「家の近くに目印のような建物はありますか」

「シュンオンジの近くですよ」

「ああ、シュンオンジかあ」

私はどきっとした。シュンオンジって、本当にある場所なのか。

お巡りさんは首を傾げた。

「シュンオンジって言えば、数年前にあのフってお婆さんが出入りしていたお寺だよなあ。あの頃はお婆さんに関わる事件が相次いで大変だったなあ」

疲れはどこかへ吹っ飛んだ。この近所にフがいたんだ！

「そうそう」

お婆さんが相槌を打った。「お寺を修理することになって、川辺のテントへ引っ越したのう」

私は目がだんだん大きくなった。記事に書かれていた武庫川のほとりの「マイホーム」のことだ！

おばあさんは急に思い出したように呟いた。

「だから、私、今日フさんを探しに川辺に下りたんだ。返してほしいものがあって……」

「もう日が暮れたし、雪も降り出したみたいですよ、おばあさん。パトカーでご自宅へお送りしますよ。とにかく、シュンオンジの近所まで行ってみましょう」

「それはありがたい」

私は思い切って言った。

「私もその近くに行くんですけど、乗せてもらってもいいですか」

「ええ、いいですとも。行き先は？」

「シュンオンジの前で結構です」

23　椿恩寺

十五分後、お巡りさんはパトカーを止めた。私は後部座席に座っていた。お婆さんは隣の席の窓から、勢いを増して降ってくる雪を眺めていた。神戸ではめったに降らないような大雪だ。

「大丈夫？」

お巡りさんは私を心配そうに見ていた。「もう真っ暗だよ。行き先まで送ってあげるよ」

「いいえ。本当に、ここで大丈夫ですから」

私はお巡りさんが止めようとするのを振り切ってパトカーから降りた。

「じゃあ、気をつけて帰るんだよ」

「おばあさんのこと、よろしくお願いします」

頭を下げて、パトカーの明かりが遠ざかっていくのを見送った。

お巡りさんが言ったとおり、路地裏は真っ暗だ。雪は降りしきっている。ここはお寺の前のはずなのに、雪で何も見えない。

探していると、崩れかけている柵に古い手書きの地図を見つけた。「現在地」のすぐ隣の区画に、「椿恩寺」と書いてあった。「シュン」って椿のことか。なるほど坂道に椿が雪をいっぱいに頂きながら咲いている。

「よし」

フがいるかどうかわからないけれど、とにかくこのお寺に入って様子をうかがおう。手がかりがあるかもしれない。

坂を上ると、お寺の正門があった。門の前に街灯が一本あったけれど、それでもうす暗くて静まり返っている。

境内に入って、四センチぐらい積もった雪を踏みながら本道までの道を歩いた。スニーカーの縁から濡れた雪が浸み込んできて冷たかった。

本当に、椿でいっぱいのお寺だ。真紅からピンクと白の縞模様まで、雪を被った椿が何種類もある。

大きな椿の木の陰に、小さいお地蔵さんがたくさん寄り添うように並んでいる。穏やかな顔で、雪に耐えながら静かに立っている。お地蔵さんの真っ赤な前掛けや帽子は赤い椿と美しく調和していた。

よく見ると、このお地蔵さんたちの帽子や前掛けは真新しかった。だれかが新しく編んだのだ。

フに違いない！

ひっそりとした本堂の前でぼんやりと立ちつくしていると、お堂の向こうから聞き覚えのある声がした。

突然、涙が溢れ出した。怒りなのか嬉しさなのかわからなかった。

音を立てないようにそっと雪を踏んで、お堂の右側に回った。お堂の後ろにもお地蔵さんがずらりと並んでいた。

その前に、フが、たくさんの袋やバッグに囲まれ、雪の中にしゃがみこんでいた。バッグの上に、雪の結晶が冷たく積もり始めていた。

フはお地蔵さんの隣に、お地蔵さん形の小さい雪だるまを作りながら、だれかに話しかけていた。

「雪だるまさん、お好きでしょ？」

「うん。おばあちゃん、上手」

暗闇の中で明るくて、澄み切ったその甲高い声を聞いて、足がガタガタ震えだした。一度も聞いたことはないけれど、アサヒの声に違いない。以前、主寝室から聞こえてきた子どもの楽しそうな笑い声に似ている気がしたのだ。

「いいえ。アサヒ様の方がずっと、ずっとお上手ですよ。ストールの中でアサヒ様も雪だるまを作りませんか」

「いやだ。もうここでは何もしない。ぼく、ここを出て、楽しい顔に会うんだよ」

私は「はっ」と小さく息を吸い込んだ。楽しい顔、というのは、私のことだ。

フはしばらく黙って雪だるまの体に雪をつけていた。わざと、とてもゆっくりと作っているようだ。

「アサヒ様、とてもとても残念ですが、もうあの『楽しい顔』にはお会いになれません」

「おばあちゃんと一緒に大きい空に行きたい。楽しい顔に会いたい」

フがしわくちゃの唇を噛みながら首を深く垂れたのがわかった。

「アサヒ様、お約束は違いますよ。私めが今この雪だるまさんをお見せしているのは、大きい空のものをお見せすれば、楽しい顔はお忘れになって、他のお子様たちと遊ぶと約束していただいたからですよ」

フは手の甲で目を擦《こす》ってから、また雪だるま作りにかかった。

「アサヒ様は私めと昔からずっとご一緒でしたね」

フはポツンと言った。

「うん、ずーっと、ずーっと」

「そうですね……。ストールのお子様の中で、親御様が見つかって出て行った方がいらっしゃいましたけれど、アサヒ様はいつもいつもそばにいてくださいましたね」

「うん……そうだよ」

「ですから、これからも他のお子様方と一緒に……」

「いやだ。もうここは、いやだ。あの楽しい顔に会いに行く」

「アサヒ様。それだけはいけません。新しいおもちゃを作りましょう。まだお見せしていないおもちゃ、世界中の国々からのすばらしいおもちゃが、たくさんございます」

「楽しい顔に会いに行く！」

フはため息をついた。

「アサヒ様。お約束は守らなければなりません。お外へは連れてまいることができません」

「おばあちゃんの嘘つき！　だってあの子は連れてってあげたもん！　ばいばいしたじゃない！」

フは顔を覆って、唸った。

「アサヒ様、お母様を見つけてからでないと、私めには何もして差し上げられないのでございます」

「おばあちゃん、泣かないで。ごめん」

「謝ることはありませんよ。私めは愚かな自分が情けなくて泣いているだけなのです」

しばらくして、ストールから小さな声が聞こえた。

「その雪だるまさん、お地蔵さんなの？」

「そうなのですよ。大事なお子様を守るお地蔵さんの雪だるまさんです」

「ぼくを、そのお地蔵さんに入れて。ぼく、雪だるまのお地蔵さんになる」

フの体が大きく揺れて、バッグが一つ転がった。

「それは無茶です！」

「ムチャじゃない！　もう、ここはいやだ。楽しい顔が来なくなった。ぼく、その雪だるまさんに入る。お地蔵さんになる。もう、ここでは遊ばない」

「アサヒ様、寒くなりましたしお寺に入りましょうね。アサヒ様にお喜びいただけるおもちゃを工夫しますから、もうしばらくだけお待ちください」

「おばあさん……もう、遊びたくないよ」

アサヒはいきなり、三歳児が発するはずがない、年寄りめいた弱り切った声で言った。

「アサヒ様、それだけはおっしゃってはなりません。何とか、お外にお出ましになる方法を考えて差し上げますので、どうか、もうしばらくご辛抱ください。さあ、ストールを巻きますよ」

「シンボウ、もういや！　ぼくは今のぼく、やめる。次のぼくになる。お地蔵さんになる！」

「だめでございます」

「じゃあ、ここでお墓を作って入る」

アサヒの言葉に私の心が、雪だるまの芯より冷たくなった。すぐ飛び出してアサヒを救いたいけれど、フの協力がなければ何もできない。

唸りそうなのを、拳を唇に当てて堪えた。

「おばあさん、雪だるま、できたでしょ？」

フは何も言わずにしゃがんで、ぼうっと雪だるまを眺めていたが、とても小さな声で、

「ですから、今度こそお母様を見つけますから、もうしばらく、ほんのしばらくですので、お待ち……」

「嘘つき！　おばあさんはいつも、いつも、いつもそう言う！　でも、だれもぼくのお母様になってくれない！　ぼく、今、お墓掘っているよ。次のぼくにしてくれるまで、この中にいる」

フは小さな声で呟いた。

「ええ、私めは嘘つきでございます。全部この婆が悪いのです。何年も、何年も、不自由な人生、まやかしの人生を送らせてしまいました。アサヒ様はずっと自由を願っていらっしゃいましたのに」

「……おばあさん、ぼくを切り出して。ぼく、もう、次のぼくになりたい。お地蔵さんにして」

「アサヒ様……」

「いやだ！　もう、ぼくもおばあさんと、ばいばいする！」

「……そうですか、それがアサヒ様の本当のご希望なのですか？」

フは手で雪だるまを挟んだまま、長い間じっと動かなかった。そして、ゆっくりと手を動か

した。バッグを探して、ハサミを取り出した。普通のハサミの三倍ほどある、宝石がちりばめられていて青く光る、神秘的で鋭そうなハサミだった。

ストールから子どもを切り出すためのハサミだとすぐにわかった。

鼓動が早まった。フがストールを切れば、アサヒは自由になる。でも、この会話からすると、フは自由になったアサヒを、産みの母のお腹にではなく、雪だるまに入れてしまう。アサヒを死なせてしまう。

アサヒを、私のお兄さんを、絶対に死なせてはならない。

今こそ慧可断臂の時だ。

奪うのだ。

奪って、産む。つらくても、何年かかっても、アサヒの産みの母になる。

フはストールの端を膝の上に広げて、ゆっくりと皺を伸ばした。

「……どうしても、だめでございましょうか」

「早く雪だるまさんに入れて！　お地蔵さんになって、それから、次のぼくになる！」

フはとても小さく、かすれた声で言った。

「では……この雪だるまさんの心に……それから、お地蔵様に」

フの声は涙でかすれてほとんど聞き取れなかった。

「そうだよ！」

アサヒはストールの中から陽気な声で応じた。あのかわいい栗色の目でフを見上げているのだろう、私を見上げたのと同じように……。

フの大馬鹿！　本気でアサヒを雪だるまにするなんて！

お寺の静けさの中で、研ぎ澄まされた刃が布を切る音が聞こえてきた。フは震える両手で四角い布の切れを持ち上げた。

「アサヒ様、騙してごめんなさいね。お地蔵様には絶対にできませんから、お母様を見つけるまでこの布の中で眠っていてください」

そう言って、フは布を畳みかけた。

「だめよ！　布の中で一人ぼっちにしちゃだめ！」

私はお堂の陰から飛び出して、痺れる足でよろめきながらフに駆け寄った。

そして、フの手のひらから布を引っつかんだ。

24　カザミ

フは混乱したように首を振って、一歩あとずさった。

「あけみ様、いけません！」

私だとわかって一度叫んだが、すぐにいつもの冷静なフに戻って、私に向かってこう言った。

「今あけみ様は、アサヒ様を助けるおつもりで布をお取りになりましたね。お母様になるおつもりなのですね。でも、アサヒ様のために、あけみ様の美しい未来を犠牲にしてはなりません。私が必ず産みの母になってくださる方を見つけますので、今すぐ布をお返しください」

「産みの母はここにいるのよ」

フは一瞬、つらそうに目を閉じた。そして、目を開けて、はっきりと言った。

「あけみ様は、アサヒ様の産みの母にはなれません。ご入布《にゅうふ》なさったことがあるあけみ様には、できないのです」

「馬鹿！　アサヒが、私の子になるよりいつまでも眠っている方がましだと、本当に思っているの？」

そのあと、私は黙ってフと向き合った。布は奪ったものの、どうすればアサヒを受胎できるのか見当もつかない。

動かない私たちの上に雪が舞い、椿が一つ、ポトンと落ちた。

突然、湿った雪を踏む靴音がして、甲高い声が「待って！」と叫んだ。

フの後ろの椿が激しく揺れて、花と雪がどっと落ちた。赤と白の雪崩れの中から出てきたのは、お父さんとカザミだった。

私は憤然とした。何で？　何で二人はここを知ってるの？　何でこんな大事な場面に図々しく踏み込んで来たりするの！

布を掲げたまま二人を睨んだ。

お父さんはトレーナーの上にコートを着ていた。カザミはファッショナブルな羽毛のコートを着てヒールのブーツを履いていたが、髪の毛は乱れ、赤い口紅の向こうに青く見える唇は震えていた。

カザミは真っ赤な椿の花を踏みながら駆け寄ってきて、私の肩を強くつかんだ。

「あけびちゃん！　いったい何をしようとしているの？　お父さんとフさんから、アサヒって子を大切に思っているって聞いたけど、産むなんてとんでもない！　あけびちゃんの大事な体を壊してはいけません！」

カザミの顔を間近で眺めると、テレビドラマでクロースアップを見ているようだった。髪の乱れ方も、涙でメイクの滲んでいる様子も、目の光と唇の震えの度合いも、すべてが「取り乱している美人」というイメージを醸し出していた。

フは数歩下がって、カザミの様子をじっと見入っていた。

お父さんも椿を踏みながら近づいてきた。

「あけび、産むのは無茶だ！ 自分の将来を考えなさい」

「そう、そうなのよ！」

カザミは肩を離さずに言い続けた。瞳はギラギラと光っていた。

「私、ここに来る途中で決心したの。アサヒって子は、私が産む！」

いったい何を言っているんだ、この女？

「あけびちゃんのために、あけびちゃんが苦しまなくて済むように、産んでみせる。私、酷い母親だった。あけびちゃんが言っていたことはそのとおりだわ。あけびちゃんを捨てたのに、言い訳をして許してもらおうなんて、身勝手だった。許せるわけない。だけど、今からは変わる。アサヒって子を産んで、母親を……やり直す」

カザミは呆気にとられた私を放して、フに向き直った。

「あけびとアサヒが再会できるように、本当の兄弟になれるように、私に産ませてください。お願いします。お願いします！」

カザミは深く頭を下げてから雪の上にひざまずいて、お願いします、と繰り返した。

フはまだまだ判断しかねている様子でカザミを見ていたが、私はその芝居に氷点下の視線を投げていた。

女優気取りで騒ぎ立てるこのダメ女に、アサヒなんて絶対に産ませない。

私は濡れた雪が靴底に染み込むのを感じながら、後ずさりし始めた。

カザミが追って来た。

私は首を横に振りながら、布を胸に抱きかかえて後ずさりし続けたが、肩が本堂の角に当たってバランスを崩した。転ばないように何かにつかまろうとした拍子に、布を手放してしまった。すぐつかみ直そうとしたが、今度は泥に滑って、四つん這いになった。

慌てて顔を上げた時、布が奇妙に動くのを目にした。雪がまっすぐ降ってくる、風一つないシンとした夜なのに、布は突風に吹かれたように、カザミの胸に飛び込んでいった。

フが、叶わない世界を開く時と同じ仕草で手をかざして、飛ばしたのだ。

カザミは手を伸ばすと、布を胸に抱え込んだ。

「カザミ様」

とフは厳粛な口調で言った。「あけみ様も私めも大切にしているアサヒ様の、産みの母になる覚悟は、本当におありですか」

「あります」

「……わかりました」

フは一瞬夜空を仰いで、「はああ」と喜びに満ちたため息を洩らした。そして、素早くカザミのそばに立つと、布を胸に抱きしめるカザミの体の前に手をかざし、首から腰のあたりまでゆっくりと下げていった。

エピローグ

三月上旬のどんよりした日曜日の午後だった。

久しぶりに、椿恩寺へお参りに行った。アムールも誘っていた。彼女が椿恩寺に行くのは初めてだ。

椿恩寺でカザミがアサヒを受胎した時から、三年経つ。このお寺にはお父さんとカザミが、昔から訪れていたことも今は知っている。フはストールに子どもを預けた女性たち全員に、椿恩寺を連絡先として教えていたようだ。だから三年前のクリスマスの夜、二人は私を見つけることができたのだ。

私もアムールも高校を卒業した。アムールは短期大学に入学し、来週には卒業式を控えていた。アパレルの知識を身につけるためにお店でバイトもしてきて、色彩検定という色の微妙な違いを見分ける資格も取っていた。会う時は必ずスケッチブックが鞄から覗いていた。その努力の甲斐あって、憧れのアパレルメーカーへの就職が決まっていた。

私は京都の大学に進学し、一人暮らしを始めていた。大学の専攻は迷った末、言語学にした。

きっかけはフの愛句である「入ってくるものは……比類なき……出ていくものは……絶えることなき……」だった。その詩を詠んだのはメソポタミア国のエンヘデゥアンナだとフが言っていた。エンヘデゥアンナのことを調べて、知らない美しい世界が広がった。

作者の名前が残っている世界一古い文字と古い詩を詠んだのが女性であったことに刺激を受け、漢文以外の文字や文章を研究するようになった。大学では古代エジプトの文字やチベットの文字、ヒンディー語、古代ヘブライ語なども学んでいた。卒業したら、頑張って考古学も勉強しようと決めていた。もちろん、書道のサークルにも入っていた。

今日お参りする目的は三つあった。一つは、この三年間音信不通のフが最後にいた場所に、もう一度行ってみることだ。初めて椿恩寺にきた夜以来、フの行方がわからなくなっていた。気づかないうちにいなくなり、二度と現れなかった。何回足を運んでも会えないのだから、今日出会える可能性は低いと思っていたが、今年は年始年末も忙しくて行けなかったし、椿がまだ咲いているうちに行きたかった。

二つめの目的は、アムールにこのお寺を見せ、ここで祈らせることだ。アムールには叶わない世界のことは話したことがなかったが、フの影響で刺繍を続けていて、相変わらず子どもが好きだった。そんなアムールに、フにゆかりのあるこのお寺を見せておきたいと思ったのだ。

アムールは少し遅れてくることになっていた。

昼近くに椿恩寺に通じる登り坂にかかると、暖かい風が吹いてきて、湿った土の匂いを運んできた。淡い青空に、薄黄色い小さな太陽がかかっていた。太陽は早春の花の蕾《つぼみ》のように見えた。

椿恩寺の門は狭く、鬱蒼《うっそう》とした椿の生垣の途中にあるから見つけにくい。入ってみると境内も薄暗く湿っぽい。掃除する者はいなさそうで、いつものとおり落ち葉だらけだった。私は持って来た箒《ほうき》と塵《ちり》取《と》りを使って、とりあえず本堂に通じる道だけ掃いた。

今日お参りに来ている三つめの理由は、カザミの安産を祈るためだ。この三年間、私が高校や大学の生活を満喫している間、カザミは大変な日々を送っていた。フが予期したように、長年ストールの中で生きてきて成長もしたアサヒを産むのは、カザミの体に過酷な負担をかけ、入退院を何度も繰り返していた。かかりつけの医者には不可解な妊娠だったが、カザミの子宮の中に、赤ちゃんらしきものが少しずつ成長していっていることは医者も認めなくてはならなかった。

カザミは苦しみに耐え、辛抱強くアサヒが生まれてくるのを待った。想像もしていなかった芯の強さを見せられ、アサヒを産むために懸命に頑張っている姿には少しずつ好感をもつようになった。

一週間前に、アサヒが近いうちに産まれそうだよ、とお父さんから電話があった。今のお父さんは、まさに夢が叶った男らしく立派に振る舞っていた。詐欺師とは関わらなくなったし、エッセイも以前よりはまともなトピックを取材して書いていた。フの影響で、お父さんとカザミは少子化問題についてのドキュメンタリー映画を作ろうと二人で盛り上がっている。

私も、アサヒがようやく産まれるとわかって嬉しかった。でも、心配でもあった。産まれてくるのはアサヒなのだが、最初のうち、いや、最初の一、二年はまだ赤ちゃんで、私の懐かしいアサヒにはなっていない。それに、たとえ三歳になった時でも、ストールにいたあのアサヒとは、少し違う子になるのではないか。つまり、アサヒを取り戻すことは、同時に、一緒に遊んでくれたあの三歳児のアサヒを、永遠に失うことになるかもしれないのだ。

「あけみ」

お地蔵さんの顔や体を手ぬぐいで拭いていると、背後から懐かしい声がした。

振り向くと、アムールが、ひっそりとした境内に立っていた。真っ白いブラウスにさくら色のカーディガンとチョコレート色のロングスカートというコンビネーションは、高校時代より大人っぽい雰囲気を醸し出していた。艶のある豊かな髪の毛は、リボンではなく、しゃれたレザーの飾りで束ねていた。ぽっちゃりした白い肌はきっとたくさんのスキンケア商品の複合効果だろう。メイクは控えめでセンスがよくなり、ミーハーの女の子から落ち着いた美人になっていた。

「椿恩寺って、こんな暗くて湿っぽいところだったの？　あけみは相変わらずTシャツにジーンズね。おまけに、お地蔵さんなんか拭いていてお坊さんみたい。いくつになってもファッションセンスが進歩しないのが惜しいよね」

私は手ぬぐいと箒を本堂の壁に立て掛けた。

「来てくれてありがとう。中、見てみた？」

「ううん、まだ」

私たちはキーと鳴る古い板を踏んで本堂に入った。以前来ていた時と同じく、引き戸には鍵がかかっていなかった。ちゃんとしたお寺というより、使われていない納戸に入る感じを与えるボロ寺だ。

「あら？」

引き戸を開けると、隅に何かが積み上げられているのが見えた。

「あけみ！　何もないと言ってなかった？」

大人っぽさはそっちのけで、アムールの声は興奮しきっていた。「あれはバッグじゃない？」

私は何回か瞬いて、異様な光景を眺めた。

さまざまな大きさと形と素材の懐かしいバッグが、「私たち、ずっとここにいたよ」と開き直った感じで床に転がっていたのだ。よく見ると、バッグにも床にも埃が満遍《まんべん》なく積もっていた。

私たちは靴を脱ぎ、床の埃に足跡を残しながらバッグに近づいた。

バッグは十個以上ありそうだった。

アムールはバッグの近くにしゃがみこんで中を覗いた。

「いろいろ入っているね。でも、古いものばっかり。それより、あけみは、何回も来ていたのに、バッグはなかったんでしょ？　それが突然現れるなんて、おかしいよね」

「うん。おかしい」

ゆっくりと頷いた。「何回も掃除に来たけど、何もなかった。それに、バッグがあってフがいないのは変だね。フはいつもバッグを持ち歩いていたんだから」

バッグを漁っているアムールを無視して、薄暗い堂の中を見回した。曇天のせいか堂の中はいつも以上に暗かった。鞄を探ってスマホを取り出し、ライトを壁に当てた。

蜘蛛の巣とネズミの糞のほかに、何もなかった。がっかりしてスマホを消そうとしたとき、上ってきた階段が視野に入って、動けなくなった。

「アムール。見て」

体が熱くなり、喉や胸が飛び立つ鳥のように喜びで膨らんだ。

木目が浮き立った古い階段の板に、靴跡が付いている。私とアムールが上った時に残した靴跡のほかに、一足の靴跡が階段から湿った枯れ葉の方に続いていた。

「探しに行こう」

アムールがかすれた声で言った。

靴跡は境内を突っ切って、門を通り、武庫川公園に通じる狭い小道へと続いていた。私とアムールは身を屈めながら小道をたどり、広い公園と優しく光る川が見渡せるところに出た。私は突然の明るさに何度か目をつむった。

日曜日の午後を楽しむ何組かの人々が遊歩道を歩いていた。遠くないところで少年野球団が試合をしている声が響き、おじさんやおばさんがゴルフの練習に励んでいた。

その人たちに交じって、一人で歩いていくおばあさんがいた。そのおばあさんは首に長い巻き物をしているように見えた。私はアムールの肩をつかんで指さした。

私たちは、走り出した。

あとがき

アメリカ人の私が初めて日本語でものを書こうと思ったのは、大学院生のころでした。混雑したコンピューター室で人に見られたくない話を書きたかったのです。私を振った元カレについての、呪われた素敵な（と当時は思っていた）恋愛小説でした。画面に出て来る文字を日本語にしてみると、だれにも解けない暗号になり、どんな話を書いても、自分だけが入ることのできる別世界にしか存在しないから安心できました。

書いているうちに、素敵なアイディアを思いつきました。日本語で全部書き終わった時、一言だけ、話の要として、英語の言葉を置こうと思いました。日本で出版されたら（呪われた恋の話だから、もちろんすぐに出版されるだろうと当時の私は信じていました）、出来上がった本を元カレに送るとしよう。一言だけの英語を上手に選んでおけば、彼が見た時、自分と私の話が、自分が分からない言語で書かれていることに困惑するだろうと想像すると、優越感を覚えたのです。

ところが、いつの間にか、彼に残すはずの一言より、画面中に広がっていく日本語の世界に興味が移っていきました。英語ではできないけれど、日本語では可能な素敵な表現。日本語で登場した新しい自分の声。学部生の間は仰いでいただけで自分のものにしようとは夢にも思わなかった、漱石や太宰や谷崎が使った美しい日本語の言葉。私はその言葉を勝手に選んだり、組み立てたり、日本語を自分の思いどおりに操る大胆さ……愉快さ……畏怖……など、たくさんの新しい感覚に浸り、夢中になりました。

日本語で書くのが、好きになってしまったのです。彼に残しておくはずのメッセージは、膨大な言葉の海に沈んでいきましたが、私の船はもう、日本語という広い海原に出てしまっていて、取り返しに戻ろうとは思いませんでした。

元カレの話のあとも、次々と小説を書き上げましたが、出版の道のりは、当時私が想像していたよりずいぶん長くて、辛くて、失敗と駄作だらけでした。その辛さを乗り越え、今こうしてデビュー作『ばいばい、バッグレディ』を出版できるのは、日本語の海に無謀にも出ていってしまった私に助け船を寄せてくれて、辛抱強く、応援してくださった先生方、友人たちのおかげなのです。

バッグレディのインスピレーションになったのは、私の大学時代の宗教の先生であるバードウェル・スミス教授と、長年私の執筆の指導をしてくださっている児童文学作家・評論家の城戸典子先生です。スミス教授が八十九歳で日本のある習俗について本を書かれた際、教授が京都の直指庵の小田芳隆様になさったインタビューの日本語を英語に翻訳する手伝いをしたのです。そして、その内容に深い感銘を受けました。

城戸先生は、いつもたくさんのバッグを抱えている方です。その中には過小評価されがちな作家の本や原稿が入っていて、先生はときには強引なまでに人に見せて出版元を探してくださいます。

一見全然関係のない先生方の活動は、実は大きな繋がりがあるのです。お二人とも、私が「叶わない世界」と呼んでいる、だれにも気づかれない人の「声」を伝えようと絶えず努力なさる素敵な先生なのです。私は先生方に対して抱く愛情を伝えようと、『ばいばい、バッグレディ』を書きました。

出版に当たって、本当に多くの応援と力添えをいただいてきました。ここにお名前を記し、お礼を申し上げたいと思います。

だれも知らない新米の私の原稿に興味を持って丁寧に読み、書き直しのヒントを書いてくださった志茂田景樹先生。いつも美しい文字の手紙と、魔法のような優しいほほ笑みで励ましてくださったあまんきみこ先生。喫茶店でコーヒーを飲みながら鋭いアドバイスをしてくださったたひこ田中先生。そして、先生方の指導と励ましの結果生まれ変わった原稿を気に入ってくださり、たゆまぬ努力で早川書房との交渉にあたってくださった村上達朗さんと、出版という長年の夢を形にしてくださった早川書房の塩澤快浩さん、吉田智宏さんをはじめ、編集部の皆さまにも感謝いたします。

それに、「元カレ」の原稿を見てくださった海野めぐみさんと、その後執筆したいくつかの原稿の訂正をしてくださった小松聡子さんと、『ばいばい、バッグレディ』誕生には欠かせない存在である中村香織さんにも感謝の気持ちをお伝えしたいです。

最後になりますが、日本語で小説を書くというエクセントリックな趣味を長年させてくれた夫にもお礼を言わなければなりません。

日本語の海の中心に、今こそ残しておきたい英語の言葉は、あなたの名前Ｃｕｒｔです。

この一言は、この小説が読めなくても、出版の見込みはなくて当然と考えていても、私に小説を書かせてくれた最愛の人へのメッセージなのです。

二〇二一年五月　ミネソタにて

マーニー・ジョレンビー

本書は書き下ろしです。

著者略歴　1968年、アメリカ・ミネソタ州生まれ。ウィスコンシン大学で日本文学博士号取得。現在、ミネソタ大学で日本語講師。本書は執筆に5年をかけ、すべて日本語で書き上げた渾身の感動作。

ばいばい、バッグレディ

2021年7月20日　初版印刷
2021年7月25日　初版発行

著者　マーニー・ジョレンビー

印刷者　白井　肇

発行者　早川　浩

発行所　株式会社早川書房
東京都千代田区神田多町2－2
電話　03－3252－3111
振替　00160－3－47799
https://www.hayakawa-online.co.jp

印刷所　株式会社精興社

製本所　大口製本印刷株式会社

Printed and bound in Japan

ISBN-978-4-15-210036-8 C0097

乱丁・落丁本は小社制作部宛お送り下さい。
送料小社負担にてお取りかえいたします。

本書のコピー、スキャン、デジタル化等の無断複製は
著作権法上の例外を除き禁じられています。